主要人物介紹

劉茫

王莉莉

陸仁

林美吉

王三元

王媽媽

12歲，本書男主角，個性膽小懦弱，宅男屬性，常受到同學巴霖的欺負。暗戀同班同學林美吉，卻沒勇氣開口告白。在一次掉進小洞時意外撿到龍石，誤把媽媽變成恐龍。

王三元

42歲，三元的媽媽，性格強悍卻好打不平的女強人，是文具圖書批發公司的行銷經理。因丈夫長年在國外工作，必須獨自照顧兩個小孩，對孩子有高度期待，因而給三元帶來無形的壓力。

王媽媽

12歲，功課好，外型甜美，三元暗戀的完美女孩。為了爸爸及家中經濟，不惜跑進三元家偷取龍石。

林美吉

16歲，三元的姐姐，高中美容科學生。跟時下愛漂亮的女孩一樣，但本性直率，雖常跟三元拌嘴，卻是個愛護弟弟的好姐姐。

王莉莉

18歲，王莉莉的男朋友，家境富裕，對車子與任何高科技產品無一不通的3C宅，是個爽朗健談的大哥哥。

陸仁

48歲，專門欺壓善良，並利用暴力向人討債的集團老大。得到龍石後，策畫將一干人犯變成恐龍，為其搶劫黃金，並大鬧市區。

劉茫

老媽變恐龍

曾德盛 著

目錄

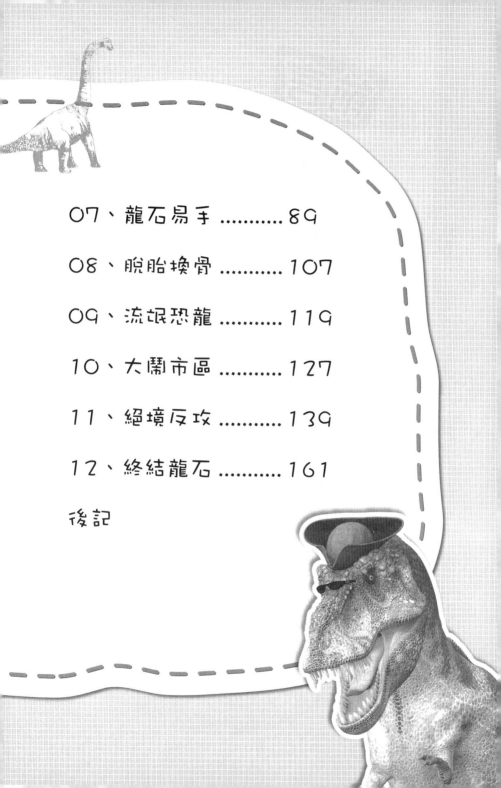

前言

如果媽媽變成了恐龍，

會怎麼樣呢？

備受壓力的小男孩，意外撿到龍

石，並將媽媽及欺負他的同學都變成了

恐龍。當他後悔想讓媽媽回復原狀時，龍

石已經被壞人搶走了，還一併把監獄裡的犯

人全都變成了恐龍，大鬧市區。

懦弱的小男孩必須盡快毀掉龍石，否則除了與

恐龍有血緣關係的人會變成恐龍外，全世界也將

面臨恐龍危機。為了重拾平和的日子，他必須振

作起來，勇敢對抗用龍石作惡的歹徒。小男孩能

成功拯救全人類免於恐龍的威脅嗎？

本書節奏明快、用語詼諧，特採用 3D 精緻人

物插畫，帶給您視覺的饗宴、想像的馳騁，

是為人父母與子女必選之優良課外讀物。

曾德盛

序

　　遠古時期，天外突然飛來一顆奇怪的隕石，墜落地面後產生大爆炸，一位原始部落的小男孩目睹了隕石撞擊地面的整個過程。

　　小男孩好奇地跑了過去，發現爆炸現場留有一顆琥珀色的石頭，他用棍子推玩著這顆石頭，渾然不覺身後一隻暴龍正悄悄地接近中。

　　此時這顆奇異的石頭表面出現了輸入收集樣品名稱的訊號，但小男孩看了看只覺得新奇，也不懂那是什麼意思。隨後一個轉身，赫然發現自

己的旁邊站著一隻巨大的暴龍，暴龍張開布滿利齒的大嘴正要將小男孩一口吃下之際，小男孩情急之下，手握著石頭脫口喊出「恐龍」二個字。外星石頭彷彿像是有生命似的感應到了指令，閃了一道光後，眼前的恐龍便化為粒子雲，被吸進石頭裡。恐龍憑空消失了。

小男孩驚嚇之餘也大感意外。從此以後，小男孩的部族利用這顆外星石頭消滅了許多恐龍，他們稱這顆石頭為龍石。

龍石就這樣吸收了許多恐龍的巨大能量，因此變得極端不穩定。龍石的表面再次出現輸出釋放樣品名稱的訊號，但無人明白那是什麼意思。後來，總會有人毫無緣由地突然變成了恐龍，沒有人知曉原因，直到這個部族完全滅絕才停止，但是龍石依舊處於不穩定的狀態。

經過了千百代巫師的持咒封印，龍石終於暫時安定下來，並埋藏在地下深處。時至今日，隨著人類對土地的過度開發，遭封印的龍石即將出土──意味著更嚴重的大事就要發生了……

01
我的處境

　　一棟緊鄰山邊社區的兩層樓住宅，周邊的青翠草坪上環繞著少許霧氣……王三元的家就在這裡。

　　「叩叩叩！」一陣急促的敲門聲劃破了清晨的寧靜。「三元！起床了！上學快遲到了！」位在二樓的房間裡，蜷縮在棉被堆裡面的王三元似乎對門外媽媽的喊叫毫無反應，翻身後繼續再睡。

　　「今天的天氣晴朗多雲，溫度適中，涼爽舒適的天氣適合闔家外出……」王三元家中餐廳的電視機正播放著晨間新聞。

　　「這些孩子，真是的，叫都叫不起來！」王三元的媽媽——王媽媽，從二樓下來走進廚房，從冰箱裡拿出雞蛋。

　　「緊接著為您報導一則駭人聽聞的校園喋血案。在美國某小學發生學生攜帶槍械殘殺老師、同學的屠殺事件，這類型的案件在上個月已經發生過一起……」電視裡的報導仍繼續著。

　　王媽媽邊聽邊嘆道：「唉！是不是我們的教育出了什麼問題？真應該好好管管這些孩子了！」

　　只看到王媽媽手指靈巧地一捏一開，雞蛋殼完美地分成兩半，裡面的生蛋直接落進平底鍋裡，發出「氣！氣！」的聲音。

　　王媽媽轉頭往二樓的樓梯方向大聲喊著：「三元！起床了！」「上學快遲到了！」

　　一陣陣渾厚的音波捲上二樓，由門縫直接撲上好夢正酣的王三元。

　　「啊！」王三元突然驚醒，他左右張望，迷迷糊糊地過一會兒後，接著又倒頭再睡。第二道震波「王三元！快起床！」像裝上感應器一般又再度傳來。來襲的音波彷彿纖細到會鑽進耳朵裡，鼓動耳膜逼著王三元睜開眼睛。他無奈地撐起身體趕緊下床，免得母親發出更強的第三波叫喚。「媽一定練過獅吼功！」他勉強地打起精神，拖著沉重的步伐走出房間，慢慢下到一樓餐廳，

接著頹坐在餐桌旁的椅子上，就像沒有骨頭的章魚一樣。

　　廚房裡正在準備早餐的王媽媽拿著鍋鏟回頭說道：「我已經晚十分鐘再叫你了，算是很優待了。」王三元「喔！」的一聲，算是聽到了。

　　穿戴整齊的王媽媽，熟練的將煎好的荷包蛋依序空拋到餐桌上的三個盤子裡，一滴油都沒有濺到衣服上，而餐桌離廚房至少有 3 公尺的距離。

　　王媽媽的手沒停，嘴巴也沒停：「對了，三元！老師昨天打電話來說你還有兩篇生物實驗課的報告沒交，然後晚上的數學要上加強課，還有空手道的晉級賽你準備了沒有？另外……還有……」

　　這是我媽，她是一間小公司的經理，專長是管理，管理公司的大小事務外，也管理家中的大小事。從每天一大早起來做早餐，到開車出去上山下海，好像有用不完的精力，尤其在這麼忙的情況下，還能盯著我學這學那的，我覺得她真的是一位『女超人』……只不過是頭上有長角的那種……

　　「雖然我陪你們的時間不多，但是為了讓你們能夠健健康康地長大，將來有所成就，再累再苦我都會撐下去的，你們也要好好加油喔！」王媽媽一說完，鍋鏟俐落地一翻一拋，煎好的薯餅也準確地分落在餐廳桌上王三元面前的盤子裡。

　　「媽！別再說這些天方夜譚了！」帶著一陣嬌聲憨氣走出來的，是王三元的姐姐王莉莉。

　　「我還有當明星的可能，三元他這麼懶又這麼膽小，怎麼可能有什麼成就？咦？我的耳環呢？怎麼不見了？是不是你拿走的？」

　　「我才沒空拿妳的東西呢！」

　　「少來！我看見你上次還拿我的耳環在玩套環遊戲……」

　　「拜託！那都是我五歲的事情了……」

　　這個名叫王莉莉的是我姐，每天不是對我說些風涼話，就是作她的明星夢。她是高中生，卻比我更混，每天打扮的像妖精一樣，到處招蜂引蝶……

「年輕只有一次，每天把自己打扮的美美的，有錯嗎？」王莉莉辯駁道。

聽到姐弟一來一往的拌嘴，王媽媽適時地出聲喝止：「好啦！別吵了，早餐吃飽最重要！」

「我吃飽了，我出門囉！」王三元看了看牆上的時鐘，將一大口食物囫圇吞下肚，抹抹嘴巴後便匆匆起身。

「吃這麼快！外面空氣不好，別忘了帶口罩喔……」媽媽說道。

「知道了！」

不等母親絮叨完，王三元已經衝出家門口，一顆心撲通撲通跳地飛快，他滿心期待能看見……

果然隔壁鄰居家的林美吉也在這個時候走了出來。「耶！時間算得剛剛好。」王三元在心裡給自己筆劃了個讚。

「早啊，三元！」看到三元，美吉發出清脆的嗓音向他打招呼。

　　「啊！」聽見美吉對他打招呼，三元的眼睛瞬間亮了起來，但嘴巴卻不聽使喚的僵在那邊，回不出話。

　　林美吉，一雙大眼睛與瓜子臉，活像是從漫畫裡面走出來的人物，宛如美麗公主的化身，對著三元回眸一笑。

　　三元自語道：「哇！美吉！美極了，我的公主啊……」

　　這是我的女神，我的夢中情人──林美吉。雖然已經同班五年了，每次看見她，還是非常緊張，嘴巴打結一句話也說不出口，真是讓我又愛又怕受傷害啊！

　　在三元自說自話地當下，林美吉已走遠了。

　　「人都走遠了還在發呆，王三元！醒醒吧！醒醒吧！」

　　「欸……我……我……咳！咳！」由於腎上腺素突然往上衝，三元因此嗆到了喉嚨。

　　背部突然受到重重的一擊，順著源頭往上瞧，是一隻堪稱粗壯的手臂，連接著一個身形壯碩的男孩，此時對方臉上正露出邪惡的奸笑。

這是我的惡夢化身，班上的惡霸——巴霖。

巴霖笑道：「你若想好好過日子，這個月的保護費……噢不，是友情稅，就給我早點繳……知道嗎？」

三元弓著背連連點頭應道：「是是是！」

低頭嘀咕著一大早真是倒楣的三元轉身繞過巴霖，準備要離開時，惡霸的聲音二度在耳邊響

起。

巴霖：「慢點！你是不是忘了什麼？」

三元：「啊？什麼？」

巴霖：「別裝糊塗了，上禮拜叫你幫忙寫的作業，你到底寫好了沒有？老師說今天要交！你可千萬別讓我出糗喔！」

三元：「是的，是的！就快寫好了。」

巴霖伸出斗大的拳頭在三元的面前晃呀晃：「我要是被老師罵，我的拳頭可是不聽使喚的喔！」

三元急道：「就、就差一頁了！待會兒到學校趕一趕就行了！」

巴霖：「哼，算你識相！對了，我這兒還有一包東西，先借放在你的書包裡，等進學校後再給我！」

巴霖打開三元的書包，硬塞進一包有點沉的東西。

三元納悶著問說：「……這是什麼？」

巴霖：「欸，沒、沒什麼啦，只是一些玩具而已。」

三元低聲道：「玩具？那你為什麼不自己拿著？」

巴霖不耐地大聲說道：「叫你收著你就收著，還囉嗦什麼？反正老師又不會搜你的書包！」

「喔！」三元不再說了，因為再說什麼也沒用。

巴霖：「記得喔，還有作業！」

三元：「……知道了。」

把事情交代完後，巴霖便一溜煙跑開，留下發楞的三元。

回過神後，三元小心翼翼地打開巴霖塞給他的東西，一看竟是些甩炮、小弓箭、刀子等學校禁止攜帶的違禁物。

三元心想：「糟糕！這些東西絕不能在學校被發現，萬一被別人看見，我就算跳到黃河也洗不清啊！」

嘆了長長地一口氣後，認命地將東西收好，最後才邁開沉重的步伐朝學校方向走去。

這就是我王三元的處境，在家要服從媽媽的高規格要求，忍受姐姐的揶揄奚落，在學校還要受到惡霸的欺凌……老天為什麼要這麼折磨我這個小學生？為什麼不來個真正的世界末日，讓大家通通被毀滅就好了？

02

龍石出土

　　世界不會因為一個小孩子的抗議而產生變化。王三元走過附近的新建大樓工地時，各式工程車輛發出的噪音及油煙依然吵雜與嗆鼻，路過時都要搗著口鼻快步通過。

　　一部正在挖地的挖土機突然間發出巨大的撞擊聲響，挖斗的鋼齒斷了數根，挖土機停了下來，操作員焦急地趕下來查看狀況。

　　工地領班也跑過來詢問：「發生什麼事了？」

　　「挖土機的鋼齒好像斷了。」挖土機操作員指著有二至三公尺深的小坑洞答道。

　　「斷了？」領班不可置信地抬高音量。

　　「是的，領班。可能是下方的地質太硬，鋼齒承受不住而斷裂了。」

　　「怎麼可能！這批挖土機的挖斗全是不鏽鋼製的，什麼土都能翻過來，難道是偷工減料？」領班高聲駁斥著。

　　挖土機操作員：「那現在該怎麼辦？」

　　領班說道：「我下去看看！」說完便跳下坑

洞，卻不小心踩到一顆石頭「哎喲！」一聲滑倒，頭撞到地面一時間暈了過去。

操作員一邊急喚道：「領班？領班？你沒事吧？」一邊同時與另一名工人合力拉起領班：「快！領班昏倒了！我們快送他去醫院！」

就在三人離開後，幽暗坑洞的角落有一顆石頭一閃一閃地發出詭異的琥珀色微光。

王三元到了學校後，被老師臨時指派整理書櫃的工作，就忘了早上巴霖交代的事情。

很快的，又是夕陽西下，到了放學的時刻。下課鐘聲響起，王三元衝出校門口，巴霖領著兩名手下在後面叫住了他。

巴霖一臉怒氣：「王三元！你有種就別跑！」

「糟糕！忘記幫他寫作業了！」三元心想不妙，於是便拔腿就跑，橫越過馬路，一路跑進新

建大樓的工地裡，躲在一部工程車後面。

　　巴霖一夥追到了工地內，三人往四周查探，並沒有發現王三元的蹤影。

　　巴霖：「奇怪！這小子躲到哪裡去了？」

　　「會不會躲在那輛車子後面？」一名手下指著後方的工程車說道。

三元後退一步暗道：「慘了！」

巴霖三人相視一笑，便往工程車方向走去。

三元不禁再往後退，突然「啊！」的一聲掉進一個坑洞內。「危險警告」的標誌圍籬被王三元往後一拉應聲倒在坑洞的上方，蓋住了坑口。

等到巴霖他們來到工程車後方，已經不見任何人影。

巴霖：「咦？沒人？」

「沒有？可是我明明有聽到聲音……」

巴霖：「附近給我再搜一遍！」

掉進坑洞底部的三元，聽到洞口上方傳來巴霖他們的說話聲，連忙挪向標誌圍籬下的陰暗處躲藏。

此時，因突然跌進洞內讓三元措手不及，低聲唉叫：「哎呀！痛死了！」伸手揉揉發疼的屁股，三元餘光瞄到地表忽然冒出了幾十隻蟑螂，群起爬向了自己的手臂與身體上。見狀三元猛摀住嘴巴不讓自己發出尖叫。

知道巴霖一夥人還在工地附近搜尋自己，三元在忍無可忍下順手抄起地上的一塊石頭沒命又必須輕聲地打向蟑螂，被打扁的蟑螂爆漿後的汁液滲入了石頭內，讓石頭的紋路變得更細緻，顏色也更加鮮明。

將蟑螂大軍打死後，三元將手中石塊隨手一扔，石頭便滾到三元的書包旁邊。

巴霖和手下在工地轉了一圈，最後又回到了停放工程車的地方。

「你們瞧！這裡有個骯髒的坑洞！」

「會不會是鑽進去了？」

聽見腳步聲靠近，三元秉住氣息，深怕自己
的呼吸與心跳洩漏了行蹤。

「你們去把牌子搬開！」巴霖指著洞口上方
橫倒的標誌圍籬牌，一副理所當然的指使著隨行
的兩名同伴。

其中一位同伴搔搔頭，一臉為難地應道：「呃……這很髒耶，我……」

就在想著該如何拒絕眼前這名小霸王的時候，天空開始飄起細雨。

「下雨了！咱們快回去吧！」另一名同夥催促著。

巴霖不甘心地說：「好吧，明天上學時再去堵他！走！」

約莫十分鐘後，全身都沾滿汙水的三元爬出了洞口，抬頭發覺天色已黑，而心情也如同天空深沉的顏色一樣。

「哈啾 —— 哈啾！唉！我的鼻子又過敏了。」三元摸著鼻子。

「呼～好累——書包怎麼變重了？」重新背起書包的三元感覺肩頭傳來比平常更沉重的負擔，拍了拍書包，也不以為意，心想可能是書包浸了雨水的緣故，便蹣跚地走向回家的路上。

而剛剛被拿來砸蟑螂的石頭此時就黏在書包

的側邊，隨著三元的步伐上下擺動，勾起一道道琥珀色的光影。

03
龍石許願

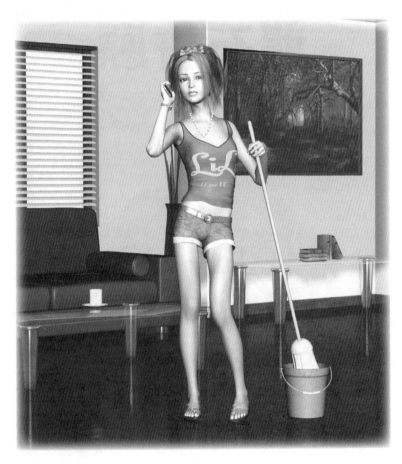

　　客廳裡，王莉莉身著短褲，一手拎著拖把有一下沒一下地拖著地，另一手拿著手機說著：「你怎麼還沒到？什麼？塞車？只會遲到三分鐘？我連一秒鐘都不想等了。」

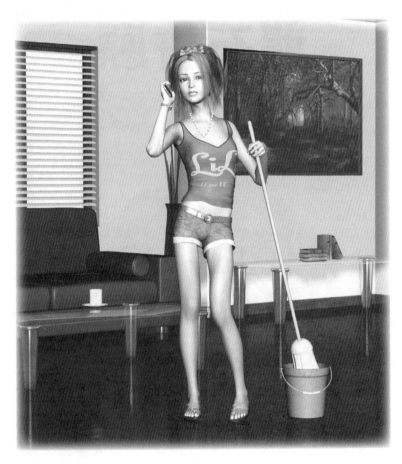

就在王莉莉對著手機抱怨時，王三元垂頭喪氣地走進家門，褲管還滴著水，水滴就這樣邊走邊滴，弄得地板上全是水漬。

王莉莉轉頭看到三元，對著手機說：「不說了，我要掛了！」掛上電話後，便指著三元喊道：「喂！髒死了，我才拖好地，你又要弄髒了？」

三元哀聲道：「姐～我很累欸！」

王莉莉皺眉道：「怎麼了你？你是不是跑去打水仗了？渾身都溼透了，要是被媽媽看到你就慘了。」

沒力氣再跟姐姐抬槓，三元走近沙發準備一屁股坐下時，王莉莉迅速衝過去揪住三元，「喂！不准坐下！」

王莉莉順手把拖把遞給三元，說：「你快把地板上的臭水拖乾淨！」

三元反擊：「今天應該是妳拖的！」

王莉莉沉聲道：「我本來已經拖好了，現在被你弄得又溼又髒的，所以你要負責清乾淨。」

三元氣道：「你——真不講理！」

王莉莉：「你才是——」

「貝魯執行長，剩下的部分我們明天再討論吧。」當姐弟二人爭吵不下時，王媽媽掛掉了手機，剛好走進門來。

　　疲憊的王媽媽問道：「你們倆在吵什麼？」

　　王莉莉馬上告狀：「三元把我辛苦拖好的地板弄髒了。」

　　不以為意的王媽媽像想到什麼似的突然提高聲量問三元說：「三元！你怎麼還在這兒？你今天晚上不是要去老師那兒上數學加強課嗎？」

　　三元一聽：「啊？我忘了……我不小心在路上跌倒了！」

　　「哈哈哈！這麼大的人了還跌倒！笑死人了！」

　　「因為突然下雨，我是真的滑倒了嘛！」三元急了。

　　王媽媽：「好好好！那有沒有受傷？」

　　「沒有。」

　　王媽媽勉強打起精神，對著三元說：「那快進去把衣服換了，我再送你去上課。」

　　「咦?! 還要去呀？」

　　王媽媽抬頭握拳，就差額頭上沒爆出青筋，

臉部略為扭曲地說道：「那當然，只不過是跌倒而已，我們要再站起來，不可以被打敗！」

抵不過媽媽強勢的要求，三元只能苦著臉接受。

「哈哈！三元想偷懶！」王莉莉在一旁邊拍手邊看好戲的模樣。

「妳也一樣，不要在旁邊瞎起鬨了，快把地板拖乾淨！」王媽媽正色道。

「喔──」王莉莉只好乖乖住嘴。

三元正要上樓回房間時，一時書包沒抓好，裡面的書及甩炮、小弓箭、刀子等東西全都掉了出來。

三元「啊！」地驚呼一聲。

王媽媽也看到掉出的可疑物品，便追問三元：「這是什麼？」

三元磕磕絆絆地回說：「這、這是巴霖寄放在我這裡的！」

王莉莉無風不起浪地插話：「連高中都禁止

攜帶這些東西了，真是～好大的膽子呢！」

　　王媽媽一聽，立馬果斷地說：「好！巴霖是不是？那我打電話問他！」

　　王媽媽拿起手機，迅速撥下巴霖家的電話號碼。沒多久電話通了，王媽媽馬上跟巴霖的媽媽

說了一遍事情經過。

巴霖媽媽一聽：「我們家的巴霖是絕對不會有這些東西的。」從話筒中可以清楚聽見巴霖媽媽詢問巴霖：「巴霖你說是不是啊？」

電話那頭傳來巴霖的急辯：「當然！我怎麼可能會有這些學校的違禁品呢，不是我的，其實，我曾在學校看見三元在偷偷把玩那些……」

不等巴霖說完，王媽媽已經開始發火，怒聲道：「王、三、元！」

「這根本就不是我的東西！」

「那為什麼會出現在你的書包裡？」

「我說過……是他……」

「玩這些違禁品不對！說謊更不對！」

王莉莉拍手叫好：「哈哈！媽，罰他禁止上網一個星期啦～」

不理會王莉莉的嘲諷，王媽媽指著下巴的一顆大痘痘，說道：「我啊，都是被你們這些小鬼氣的，你看都冒出這麼一顆大痘子了。」

「媽，別生氣，我這兒有抗痘藥膏！」

這時，「嘟嚕嘟嚕～」手機電話響了。

王媽媽抄起手機：「喂喂，是嚴經理呀，什麼？臨時要簽約？我……嗯……好吧，沒問題，我馬上過去！」

三元在自己的房間內換上乾淨的衣服。

　　一想到剛剛發生的事，媽媽根本不相信自己，心裡便直犯嘀咕：「今天真倒楣，都不聽我解釋，大人都不了解我。唉～如果手上有許願石，我一定許願讓這些人全部都消失！」

　　換好衣服後，準備整理書包，卻不經意看見黏在書包上的石頭。

　　「欸？奇怪？這塊石頭不是我在洞裡拿來砸小強的那一塊嗎？怎麼跟著我回來了，難道這是有魔力的石頭？不會真的如我想的是許願石吧？」

　　三元坐在床緣拿起石頭細細把玩，只見它的外表是琥珀色半透明的材質，裡面好像有著奇怪的物體，看起來有些詭異，右下角崁著小小的二個字——龍石。

　　「龍石？什麼東西？如果不能許願我就把你給扔了！」「好！我先來試試看！」

　　三元高舉龍石：「許願石啊，許願石，我許願……希望其他人都消失！」

話剛說完有片刻似乎周遭都陷入寂靜，三元看看窗外，街上只有隨風飄動的落葉，不見半個人影。

「咦？沒人？難道這許願石真的有效？哎喲喂呀！好痛！」

後腦勺被敲了一下，王三元吃痛地回頭一看，姐姐叉著腰正站在自己背後。

「你在做什麼？想讓大家消失啊？小鬼，做那什麼白日夢？」

發現沒有任何改變，大失所望的三元對著手上的石頭發起脾氣：「原來這不是許願石，哼！」隨手一丟，龍石在床上滾了滾，撞倒了床頭櫃上的書架，書倒了下來。

王莉莉看見倒下來的書有些是恐龍畫冊，笑道：「乾脆你許願把大家都變成恐龍好了。」

三元附和著：「對對對！這樣大家就不會管我了。話說，是媽叫你來監視我的？」

王莉莉輕笑著：「哼！我吃飽了沒事做啊？

哪有時間來監視你！媽說要出門，罰你一個星期不許上網！」

「什麼？那不是要我的命嗎？」三元哀號。

王莉莉轉身走出房門，不忘再補上一記：「還有，她叫你把自己搞定，還要我載你去上課，我真是倒楣！」雙手一攤，王莉莉擺出一副無奈的表情嘆了口氣後，便逕自離開了。

三元對著房門口大喊：「我才倒楣呢！」

房裡只剩自己一個人，三元躺在床上開始喃喃自語：「哼！今天真是衰事連連呀！」

此時，隔壁鄰居的美吉家傳出一聲巨響。

「難道還有跟我一樣倒楣的人嗎？」

三元跳起來站在窗前，看見樓下有幾名壯漢正從美吉家出來，接著美吉與她父親從家裡搬出一面裂開的大鏡子。

曾聽媽媽說美吉的爸爸欠了幾千萬元的債務，因此每天都有流氓來要債，追討不成時還常常吵得街坊鄰里盡知。

　　三元很氣憤，心想：「那些人一定是流氓，為什麼總有人這麼喜歡欺負別人？」

　　三元一邊替美吉抱不平，一邊整理床上翻倒的書籍時，瞥見幾本小時候常看的恐龍畫冊，順手拿起一本翻閱。說巧不巧，這本書的封面竟還黏著龍石，露出了背面。

　　「你真是陰魂不散啊！一定是蟑螂血在作怪……咦！石頭背面還寫了字……」

　　「哈啾——有一股怪味！」三元的口沫噴在龍石上面，他皺著鼻子，再把龍石拿近一看，上頭有一行歪七扭八的細字寫著：「千萬不要唸——變龍」。

　　「寫什麼東西呀？什麼千萬不要唸什麼變龍的？」

　　三元拿起龍石，看著恐龍畫冊，一副想惡作劇的表情邪笑道：「嘿嘿！就再假裝你是顆許願石吧，我希望巴霖變成一隻世界上最笨的恐龍，總讓人欺負，嗯，還有，媽媽變成暴龍，整天躲

在山上，就不會管我了，耶！」

發洩完心中的不滿後，心情有些暢快了，三元便隨手將龍石丟到書桌底下，自己倒在床上，感覺眼皮越來越沉重，所以沒注意到那顆滾到桌腳的龍石，隱隱閃動了幾下光芒……

陰鬱的天空閃爍著電光，綿密的烏雲又堆疊了起來。

回程路上，王媽媽一邊開著車，一邊回想剛剛在家裡發生的事，她思忖著：「我是不是對三元太過嚴厲了？唉～等公司的事告一段落，就找個時間跟他好好談談吧。」

整理好思緒，王媽媽繼續開車，但是覺得雙腳開始有些異樣。

「奇怪！腳怎麼麻麻的？」

王媽媽將車靠邊停下後，慢慢走下車，從天而降的雨滴打溼了衣服。

「真是的！又下雨了，出來伸伸腳，順便打

個電話回家吧！」

　　拿起手機正要撥打按鍵時，手指的指甲突然變長，按不到鍵。

　　「我怎麼……啊！」眼前的視野巨變，讓王媽媽不小心驚呼一聲。

　　王媽媽發現自己越長越高，皮膚越來越粗糙，索性拿掉眼鏡，感嘆著：「難道眼鏡的度數不夠了？還是……肉毒桿菌打太多了？啊——」

　　王媽媽慢慢變形成一隻恐龍，一隻猙獰的暴龍，手機連同帶子就掛在粗短的爪子上。

　　一名騎著機車的騎士剛巧經過，不慎撞上恐龍化媽媽的尾巴，摔倒在地上。

　　機車騎士大聲叫道：「是哪個可惡的傢伙把恐龍模型丟在路上？害我犁田！」

　　恐龍媽媽轉頭問道：「先生你說什麼？」

　　機車騎士抬頭一看，一隻張著血盆大口的暴龍就在眼前，嚇得拔腿就跑，一邊還驚叫著：「救命啊！救命啊！」

　　恐龍媽媽看著發狂逃走的騎士身影，仍舊搞不懂究竟發生了什麼事，納悶著：「奇怪！這是怎麼回事？不管了，還是先回家一趟吧！」

　　恐龍媽媽急忙奔跑回家，雨越下越大。

老媽變恐龍

04
暴龍返家

客廳裡，王莉莉的手機鈴聲響起。

王莉莉慢慢拿起手機一看，按了通話鍵，嗲聲道：「你還不快過來送我弟弟去上課？」

在路上狂跑的機車騎士氣喘吁吁地說：「我、我、我剛撞上一隻暴龍……」

王莉莉又好氣又好笑：「呵呵！真有創意，不過沒用！」

機車騎士大聲叫道：「是真的，牠正朝你們家過去，快看啊！」

王莉莉不耐煩地抬頭看向窗外，「你說什……」突然大睜眼睛喃喃道：「啊！這……怎麼可能？」

地面震動連連，王莉莉衝到二樓弟弟的房間，三元正在跟周公下棋。

王莉莉急叫道：「三元！三元！快起來！」

三元揉著眼睛：「什麼事啊？媽回來了？」

王莉莉跑去打開窗戶：「你看！」

窗外只見一隻暴龍正朝自己家衝過來。

三元瞇著眼睛笑道:「哇!這夢好逼真喔!」

王莉莉猛力搖晃著還沒睡醒的弟弟,大叫道:「什麼夢?呆子!是真的暴龍跑來了!」

彷彿被潑了一頭冷水,「什麼?」話剛說完三元的手就被姐姐拉起,接著就聽到王莉莉在他耳邊大喊:「快逃!」

三元睜大眼睛看著眼前不可思議的一幕,喉嚨不禁發出細微的「啊!」叫聲。

　　暴龍停在三元家門口，拼命想用小手開門，但勾不到門栓，身體壓向二樓的陽台，大龍頭就在窗外直往內瞧。

　　「救命啊！」三元與王莉莉嚇得放聲尖叫，但倆人的叫聲淹沒在滂沱大雨之中，沒人聽見。

　　這時暴龍對著倆人喚道：「三元、莉莉！快開門！」

　　三元一聽發出疑問：「這聲音……這好像是媽媽的聲音。」

　　王莉莉出聲喝止：「先不要過去！」

　　暴龍接著開口說：「我到底怎麼了？孩子們怎麼都認不出我了？」

　　暴龍難過地轉過身，赫然瞥見鄰居家旁那一面破裂的大鏡子。

　　一看見鏡子中反射出來的醜怪模樣，暴龍大叫一聲後當場昏了過去。

　　等到雨勢漸漸變小，三元才悄聲說：「沒聲音了，牠走了嗎？」

　　「我打電話給媽媽！」王莉莉馬上撥打媽媽的手機號碼，旋即熟悉的手機鈴聲就在附近響起。

　　「聲音就在附近，我們去找找！」

　　「嗯！」

　　三元與王莉莉來到一樓打開玄關的門後按著鈴聲方向循去，卻發現那隻暴龍就躺在門前，嚇得兩人趕緊躲在樹後。

　　躲了一陣子後，發現暴龍沒有動靜，而鈴聲貌似就來自暴龍身上。

　　三元驚叫道：「媽媽是不是被吃掉了？」

　　王莉莉發抖著說：「你別嚇我！」

　　三元說道：「沒動靜，應該是昏倒了。」

　　王莉莉催道：「趁牠昏倒我們快走吧！」

　　三元說道：「嗯！」

　　姐弟二人緩緩由樹後走出來，看見媽媽的手機正掛在暴龍的小手指上。

　　王莉莉小聲說道：「你看！那是媽媽的手機

耶！」

暴龍的小手上掛著媽媽的皮套及手機，鈴聲就是從那發出來的。

三元：「那媽媽怎麼不見了？難道真是被吃掉了？」

「怎麼可能？媽媽被吃掉了？」王莉莉不敢置信地盯著暴龍靜靜起伏的胸膛。

三元：「等等，為什麼手機沒被吃掉？」

王莉莉：「可能嫌吵吧！」

三元壯起膽子慢慢靠近一動不動的暴龍。

王莉莉：「別太靠近啊！」

三元：「姐，牠為什麼要來我們家？還敲我們家的門？」

王莉莉無意間看見暴龍的下巴，突然低吟道：「奇怪?!難道會傳染？」

三元：「怎麼了？」

王莉莉：「媽媽的下巴長了顆痘子，這隻暴龍的下巴恰巧也長了顆痘子，你不覺得太過巧合

了嗎？」

三元低聲道：「……莫非這暴龍是媽媽變的？」

王莉莉問道：「什麼意思？」

三元突然瞪大眼睛，一臉驚恐地說：「難道……難道我真的把媽媽變成恐龍了？」

王莉莉抓住三元的衣領叫道：「王三元！你到底在說什麼？」

三元：「我、我是說……」

暴龍的身體突然動了起來，三元與姊姊皆後退三步。

三元：「啊！牠要醒了！」

王莉莉：「我們要不要先躲一下？」

「不用躲了！」

對突然冒出的說話聲，「誰？」姐弟倆異口同聲反問道。

只見暴龍的身體下鑽出一個人，是之前摔倒的機車騎士。

看清來者後，王莉莉吁了一口氣：「原來是你呀！幹嘛躲在裡面嚇人？」

機車騎士邊扶著腰邊慢慢走近，苦笑道：「嚇人？我哪有空嚇人？我都快被壓扁了。」

三元扯了扯莉莉的手臂，問道：「姐，他是誰？」

王莉莉：「他是……」

機車騎士挺直腰桿，拍拍身上的雨水，順了順凌亂的頭髮後，才慢條斯理說道：「容我自我介紹一下，弟弟～」

三元：「我不叫弟弟！」

機車騎士鞠躬說道：「抱歉！容我自我介紹一下，我是全世界走透透，從小到現在得過 360 張獎狀，擁有 720 張證照的陸仁……」

三元笑道：「什麼？路人甲的路人？」

陸仁：「是的，啊！不是不是，當然不是你想像中的那些字啦。」

王莉莉：「別理他了，他每次解釋名字都要

花半天時間，現在不是鑽研那些的時候，我們現在該怎麼辦？」

三元喃喃自語：「難道這隻暴龍真是媽媽變的？」

陸仁笑道：「啊～那你們發了！」

王莉莉、三元生氣道：「你說什麼？」

陸仁連忙搖搖頭澄清：「呃，我、我的意思是說你們家發生大事了，沒別的意思！」

三元：「那她是不是會被送到研究單位被研究、解剖、電擊？我看電影上都這樣演的。」

王莉莉：「那怎麼可以！」

陸仁：「如果她真是你們的媽媽，當務之急是要把她送到一個安全的地方，免得被人抓走！」

王莉莉：「說得對！」

三元：「社區後面好像有一個大倉庫，聽說很久沒使用了，裡面還有廁所。」

王莉莉：「呃，我想廁所可能不太夠用吧。」

三元：「姐，現在我們要傷腦筋的是該如何把媽運走吧。」

陸仁雙手一拍：「這不是問題！離這不遠處有個工地，裡面有很多工程車，我們可以利用！」

王莉莉：「你會開嗎？」

陸仁一副自豪的表情認真說道：「當然！我擁有這麼多證照，除了太空梭沒開過外，地球上沒有任何車子可以難倒我這超優駕駛的！」

　　沒多久，氣笛聲響起，陸仁駕駛一部超大型起重機，與三元、王莉莉擠在小小的控制座上，平台上載著恐龍媽媽，左搖右晃地前進。

　　王莉莉大聲問道：「你到底會不會開呀？」

　　陸仁笑道：「當然會！只是要先習慣一下嘛。」

　　就在驚呼聲中，起重機搖搖擺擺地開往社區後山，而這一切都落入鄰居家美吉父親的眼中。

美吉的父親隔著窗看著離去的起重機，說道：「美吉，我們要發財了！」

美吉還無法理解地望著自己的父親：「爸爸？」

05

尋求解決

　　在滂沱大雨中，三元三人渾身溼漉漉地衝進家門，接著全都癱坐在客廳的沙發上。

　　三元：「唉～又下這麼大的雨，累死我了！」

　　在一旁休息的王莉莉突然想起什麼似地從沙發上跳了起來，對著三元吼道：「三元，說！你到底對媽做了什麼？」

　　三元一臉無辜地回答：「我哪有？我只是在想，是不是那顆石頭在作怪？」

　　陸仁：「什麼石頭？」

　　「等等，我去拿來。」說完三元立刻跑進自己房間，把掉在桌角的龍石找了出來，再小跑步回到客廳。

　　三元舉起龍石：「就是這個！」

　　王莉莉皺著眉頭：「就是這塊骯髒的石頭？真噁心！」

　　三元：「就它了，應該就是它了。」

　　「讓我看看。」陸仁從三元手中接過龍石左右端詳一會兒，說道：「這顆石頭叫做龍石？背

面還寫著不可唸變什麼龍的。」

三元嘀咕：「我又沒說什麼變龍！」

王莉莉：「那你說了什麼？」

三元：「我、我就拿著這顆石頭，想到如果媽媽變成恐龍，就不會管我，然後隨便唸著『希望媽媽變成恐龍的話』，誰知道後來就發生了剛剛的事情……」

陸仁：「所以，你說了變恐龍的話嗎？」

三元：「……嗯。」

王莉莉：「你呀，真是好的不靈壞的靈！」

陸仁：「可是怎麼證明是這顆龍石的緣故？」

三元：「那要不要再試一次？」

陸仁：「你說，這麼重大的事，該找誰做實驗？」

王莉莉看著陸仁，不懷好意地說：「當然就找比較無關緊要的人來試試呀～」

陸仁急忙撇清：「別看我，我雖然叫做陸仁，但我不是真的路人甲，不是無關緊要的人，

要不、就找牠好了。」

陸仁朝著窗外一指，隨手指著一隻蹲坐在垃圾桶上的黑貓。

王莉莉：「牠?! 行嗎？」

「也沒其他辦法了，只能拿牠試試看了。」三元握著龍石，許願說：「貓兒，我希望你變成恐龍！」

一旁的陸仁與王莉莉緊張地盯著那隻貓，貓兒似乎還不知道會發生什麼事，仍悠閒地蹲在垃圾桶上。

突然電話鈴聲響起，著實把大家嚇了一跳，「難道是媽媽？」王莉莉首當其衝跑去接電話。

「喂喂？」只見王莉莉應了幾聲後便拿著電話筒走回客廳，扭頭對三元說：「三元，你的老師打來的。」

三元接了電話答道：「老師，您好！我是三元。」

電話另一頭的老師問道：「三元，為什麼沒

來上課？也沒打電話跟我請假？我很擔心的。」

　　三元：「呃，因為、因為……我媽媽變成一隻恐龍了，還是隻暴龍呢！」

　　老師：「蛤？」

　　三元：「老師？老師？」

　　話筒另一端陷入一陣沉默，老師再度開口：「三元，老師其實能理解你的心情，會說這種話老師不怪你。其實，每個媽媽兇起來呀確實就跟暴龍沒兩樣。」

　　三元：「老師……」

　　老師道：「沒錯，只要等你媽媽發作完後，就會回復成原來的樣子，所以別太擔心了。」

　　三元跟老師講電話的同時，陸仁也沒閒著，打開了桌上的平板電腦，說道：「我來搜尋看看有沒有關於龍石的消息吧。」

　　三元還在講電話：「……我不知道她會不會回復原來的樣子。」

　　老師：「沒事的，記得老師小時候，老師的

媽媽……」

　　耐著性子聽完老師的安撫後，三元放下話筒對著莉莉和陸仁說道：「老師不相信……」

　　從螢幕移開視線，陸仁帶著同情的眼神看了看三元，接著目光轉向窗外：「不對勁！剛剛那隻貓不見了……」

　　莉莉和三元也跟著探頭向窗外看去，只見外頭黑壓壓的一片，似是夜幕低垂。

　　王莉莉：「對耶，那隻貓跑哪裡去了？」

　　陸仁：「你們看，這麼快就天黑了？」

　　王莉莉：「星星還又大又亮呢！」

　　陸仁抬頭：「我想……那不是星星……」

　　只見一隻巨獸攀在窗外，黝黑的身體罩住了整個門窗，大眼睛一眨一眨的，宛如星光閃耀。

　　王莉莉驚呼：「啊！」

　　「快退呀！」三人退到牆壁角落，恨不能鑽進牆裡。

　　三元小聲道：「牠……牠變身了！」

　　那隻巨型貓龍轉頭看了看他們，似乎還不知道自己起了什麼變化。

　　「快趕牠走呀！」王莉莉囁囁地說道。

　　陸仁：「我們先按兵不動，說不定牠會自動離開。」

　　「對，先不要亂動！我們家的鋁門窗是特製的，不會那麼輕易被弄壞。」三元在旁應和。

　　就在這時，巨型貓龍的巨爪仍搭在窗戶的外框上，外框承受不住巨爪的重量，整個垮下來。

　　「呀啊啊啊——」三人同時尖叫。

　　巨型貓龍望著三人的反應，似覺有趣，準備伸頭進來。

　　「別進來！」「拜託拜託！」「快逃呀！」三人叫道。

　　陸仁：「有沒有什麼武器？」

　　「這給你——」王莉莉順手把手機推給陸仁。

　　「嗯？」陸仁突然靈機一動，「有了！」用

手機對準巨型貓龍一照。

閃光燈白光一閃，巨型貓龍的眼受到突如起來的刺激猛然一閉、頭跟著一縮，巨掌一翻，打掉了手機，手機滾到茶几底下。

巨型貓龍用縮成一條線的瞳孔怒瞪著三人。

「完了！」就在三人無計可施時，一隻老鼠突然從巨型貓龍的腳下快速竄過。

巨型貓龍的臉色一變，轉頭跨步追過去，發出一陣陣的隆隆巨響。

看著逐漸跑遠的背影，王莉莉嘆道：「好險！」

陸仁捏捏自己的臉頰，「這不是在作夢！剛剛一沒注意，那隻貓真的就變身了？」

三元點頭如搗蒜，「沒錯吧～真的是那塊石頭在作怪。」

不理會陷入奇妙幻想的兩人，回復冷靜的莉莉指示兩人說：「快把窗戶修好！」

陸仁：「對了，你們家怎麼會有老鼠？」

　　就在三人你一言我一語熱烈討論時，屋外的角落，被壓扁的垃圾桶旁邊蹲著一個人，是面露驚訝表情的美吉父親。

　　美吉父親激動地在內心喊道：「賓果！真是帥呆了！」

　　客廳內，王莉莉嘆著氣道：「唉～現在好了，該怎麼辦？還能找誰來幫忙呢？」

　　搜尋一會兒後，陸仁將平板電腦轉了過來，螢幕畫面顯示一個人手裡拿著龍石的照片。

　　陸仁：「我看不如找他吧。」

　　三元、王莉莉：「他？他是誰呀？」

　　螢幕中這名頭戴考古帽，蓄著黑鬍子的男子正拿著龍石的照片，對著鏡頭說道：「我是博物館館長，這是龍石，一顆充滿邪惡力量的石頭，傳說中它會把人類變成恐龍，危險性極高，有關牠的古老文獻，請來本館參觀……」

　　三元、王莉莉同聲驚呼：「原來古代還真有這種東西！」

　　博物館館長突然臉色一沉，彷彿在回應兩姐弟一般繼續說著：「在此我要鄭重聲明一點，這一點極為重要，根據我們的研究，跟變成恐龍的人有血緣關係的人，也會陸續變成恐龍。」

　　三元、王莉莉：「什麼？血緣關係？」

　　博物館館長自顧自地說著：「首先會從這個人的直系血親開始。當然，本館還有其他更神祕的古物及卷軸，就在展示廳裡，期待你們的蒞臨……」

　　王莉莉顫聲問道：「直系血親？不會吧——」

06
博物館長

　　傍晚，巍峨高聳的博物館已見多處熄燈，虛掩的大門走來了三元、陸仁與滿面愁容的王莉莉。

　　陸仁：「放心啦，他只是說說而已。」

　　三元：「對呀，姐姐長這麼漂亮，要是變成恐龍也不會太難看吧！」

　　王莉莉叉著腰怒道：「對！要是我變成恐龍，第一個先把你吃了。」

　　三元低語：「哼！真是狗改不了吃屎……還沒變成恐龍就這麼兇了。」

　　王莉莉：「你說什麼！」

　　陸仁：「別吵了！我查過了，這個博物館館長是考古學及生物學的雙料博士，見多識廣，他一定會有辦法的。」

　　館長辦公室內，只見西裝筆挺的博物館館長

坐在電腦前面，皺著眉道：「真是沒辦法，本來只是想替博物館宣傳一下，把事態講得誇張一點，想不到真有人打電話來說用龍石把人變成了恐龍。難道是惡作劇？哎呀！真是糟糕！」

一位留著斑白鬍子的清潔工拿著掃帚走了過來問道：「館長，您還沒下班啊？」

館長忽然眼睛一亮，抬頭問道：「老李呀，還在忙嗎？」

老清潔工回道：「還好，就快忙完了。」

館長見狀說道：「那個老李呀，待會兒可能會有人帶著一顆石頭過來拜訪我，但我現在肚子有些不舒服，不方便見客，你幫我個忙，替我收下那石頭，再想辦法打發他們走，好嗎？」

老清潔工：「……好的，館長。」

聽到滿意的答覆後，館長便摘下黑粗框眼鏡，雙手按著肚子作勢離去，轉身時嘴角不覺微微上揚。

目送館長離去，老清潔工放下掃帚，在房間

內左右看了看，接著便大喇喇地坐在館長的豪華座椅上。

吁了一口氣，老李心想著：「呼～趁機休息一下，沒想到這位子坐起來真是舒服。」一邊拿起放在桌上的報紙來看。

沒多久，陸仁一夥衝了進來，大喊道：「館長，怎麼樣了？有沒有辦法？」

老清潔工嚇了一跳，忙丟下報紙，抓起館長的黑粗框眼鏡戴上，正襟危坐起來，緩緩說道：「是你們啊！有……嗯……當然有辦法！」

王莉莉從陸仁身後朝前走來：「真的？什麼辦法？」

老清潔工：「這……」

陸仁這時仔細端詳了眼前這名「館長」，狐疑著問道：「館長？你怎麼跟視訊上的樣子不大一樣，連鬍子都變白了？」

老清潔工：「啊？這……唉～都是為了這許多事情操心啊！」

陸仁：「你是說龍石？」

老清潔工：「龍石？對、對！就是它！」

王莉莉再往前邁進一步：「說！到底有什麼辦法？」

老清潔工雙手一攤，說道：「我要想一下，剛剛被你們嚇一跳，什麼都忘了。」

王莉莉指著陸仁的頭：「都是你啦！」

陸仁摸摸頭，說道：「館長，我們在電話裡談過那顆有魔力的龍石。」

老清潔工假裝恍然大悟：「哦！對了，對了，有魔力的龍石！魔力龍石！」

一旁聽著的三元忍不住插話：「那到底要如何才能消除它的魔力？」

老清潔工摸摸鬍子：「消除魔力嗎？嗯……把它燒了不就行了？」

三元：「燒了？」

老清潔工：「對呀。」

陸仁：「它可不是一顆普通的石頭呀！」

老清潔工：「就因為它不是普通的石頭，你沒看過電影嗎？把它丟進火山裡面燒掉，就會失去它的魔力。」

陸仁：「火山？可是這裡又沒有活火山。」

老清潔工被追問地不知所措時，看到報紙上印著介紹各國焚化爐的溫度比較，於是靈光一現提議道：「其實不見得一定要活火山啦，只要溫度在，呃……在一、二千度左右，就可以燒掉它了。」

王莉莉的眼睛發亮：「真的？只要燒了它，就會讓它失去效力？」

老清潔工拍著胸脯：「當然！無論裡面什麼細菌病毒、狂犬病毒的，還不是全部都燒光光了！」

陸仁：「那哪裡有一、二千度的火焰呀，館長？」

老清潔工：「這就是考驗你們腦袋的時候了。」

陸仁：「是喔～好吧，那我們回去想想，謝謝你了，館長！」

看著這群年輕人完全信賴自己的神情，老清潔工越講越起勁，最後還不忘叮囑他們：「還有，在這世風日下、人心不古的時代，你們行事萬萬要小心，搞不好會有有心人覬覦你們的寶物，切記！切記！」

陸仁：「我們會謹記在心的，謝謝你了。」

三元等人心滿意足的離去，陸仁一路上佩服著：「館長的話真是充滿智慧呀。」

不消片刻，館長回到辦公室，在老清潔工面前吁了一口氣：「輕鬆多了——對了，剛剛有沒有人來找我？」

老清潔工拿起掃帚掃著地，慢慢說道：「哦～沒有喔～」

　　一回到家，三元便取出龍石嘆道：「想不到對著這龍石講出讓媽媽變成恐龍的話，竟然成真了。」

　　王莉莉：「你還有臉說！都是你！」

　　三元：「我……」

　　陸仁：「現在不是吵架的時候了，最重要的是想辦法毀掉它，讓一切回復原狀！」

　　王莉莉：「唉～希望有這麼順利就好了。」

　　陸仁用平板電腦搜尋了一下，有所發現的興奮地叫道：「嘿～我查到了，一千度，一般火葬場的溫度可以達到一千度。」

　　三元：「蛤？火葬場？燒死人骨頭的地方？」

　　王莉莉嫌道：「真噁心！」

　　陸仁不理會兩人冷淡的反應，繼續解釋：「另外還有廢棄物焚化爐，據說燃燒溫度可以達到一千兩百度。」

　　三元：「焚化爐？是燒垃圾的地方？」

　　陸仁笑道：「是呀，只要把它當作一般垃圾

丟進焚化爐裡面燒掉就行了，簡單！」

　　王莉莉還是不看好的說：「但願如此！」

　　三元望著手中的龍石說道：「希望能立刻燒掉龍石！」

　　王莉莉安慰著他：「放心！我們會一起幫忙的。」

　　與此同時，窗外的樹上突然掉下一個黑影。

　　陸仁驚覺地對外大喊：「什麼人？」

　　三元也大喊：「誰？」

　　接著傳來一聲「喵～」，讓三人緊繃的情緒緩了下來。

　　陸仁撓撓頭傻笑：「你們這附近的貓還真多呢。」

　　王莉莉放鬆了抓緊陸仁手臂的力氣：「都是些野貓、大笨貓，連抓老鼠都不會……快！找一找最近的焚化爐吧，我快秀逗了。」

　　陸仁：「沒問題！」

窗外的大樹下躲著美吉的爸爸。

美吉爸爸笑道：「喵喵～我得快一點了！喵喵～我可不笨啊！嘿嘿嘿——」

客廳裡，坐在沙發上的王莉莉拿著一面鏡子不斷地照著臉，憂心道：「你們看我的皮膚是不是變粗糙了？」

陸仁安慰她說：「沒有沒有，妳的錯覺～只是燈光比較暗而已！」

王莉莉：「真的？」

陸仁：「當然是真的！」

突然門口的電鈴聲響起。

三元：「這時候會是什麼人啊？」

三元先把龍石放進一個小布袋裡面，接著跑去應門。只見門口站著林美吉，一身輕便俏麗的裝扮，背著一個小背包。

三元：「啊！是……美、美吉，妳……」

美吉：「嗨～三元！」

三元：「妳、妳好！」

王莉莉跟著探頭出來，一見訪客便問：「美吉！這麼晚了，有事嗎？」

美吉倩笑著：「是這樣的，今天我忘了抄學校聯絡簿了，想跟三元借來抄。」

三元訥訥答道：「書包在我房間裡……」

不等三元邀請，美吉便推著三元直接進門說：「那走吧！」

三元：「咦？啊！好，這邊請。」

美吉隨著三元走向二樓房間。

陸仁看著美吉跟著走進三元的房間，還關上門，一臉竊笑：「現在的小女生真是開放啊～我們是不是也應該像他們一樣？」

王莉莉：「你少煩我了，做點正經事吧，快找找看離這兒最近的焚化爐位置吧！」

陸仁：「遵命！」

走出房間後，美吉站在門口甜甜地跟三元道謝：「謝謝你了，三元！」

三元也跟著傻笑：「別、別客氣。」

美吉：「再見！」

王莉莉：「以後要常來玩喔。」

美吉：「好的。」

目送美吉離去的背影，三元仍一副如癡如醉的模樣。

王莉莉歪著頭納悶著：「奇怪了，我們做鄰居這麼久了，從不曾見過美吉到我們家，怎麼突然……」

三元回過神來，替女神辯解：「她說其實她很關心我，只是比較害羞，但我們家的事她都知道。」

王莉莉：「什麼？」

陸仁：「哈哈！你小子小心一點，別被人家施了美人計還不知道呀！」

三元：「不會，不會的，她是我們班上最乖、功課最棒的模範生，長得又漂亮，她才不是那種人呢！」

王莉莉：「我們只是提醒你防人之心不可無，你看看龍石還在吧？」

三元拍拍布袋：「當然，還在袋子裡。」

畫面回到稍早之前。傍晚時分，倉庫中的暴龍甦醒了過來，心想著：「作了一個好奇怪的夢喔～咦？這是哪裡？」

因為身形過於龐大，掙扎了好一會兒才爬了起來，「唉～沒睡好覺，手腳都不聽使喚呢。」仍然沒察覺自身發生的變化，暴龍慢慢走出倉庫大門，沿著河邊行走，路上有些人看見她嚇得尖聲大叫，也有人讚嘆現代科技真是進步。

暴龍只是覺得走路的感覺不像平常那麼順暢，還有經過的每一個人都變矮變小了，「一定是眼睛出了問題」這麼想著時，突然一個踉蹌，不小心摔了一跤。

旁邊就是河道，河面映照出落日餘暉。暴龍想看是什麼絆倒自己，轉身一瞧，驚道：「我怎

麼會有尾巴？」驅身再往河裡一看，看見了水中
的倒影。

「啊──」暴龍聲嘶力竭地一邊大喊一邊往
山裡狂奔而去。

嘶吼聲驚醒了在家裡打瞌睡的三元。

「這個聲音──啊！媽媽醒來了！」率先醒
來的三元叫醒攤在沙發上的陸仁及趴在桌上的王
莉莉。

陸仁伸著懶腰：「……唔……天亮了嗎？」

王莉莉也聽到了叫聲，自責的說：「糟糕！
我們只顧上網找資料，都沒去確認媽媽那邊的情
況。」

三元催道：「那我們還等什麼？快去找媽
吧！」

07

龍石易手

　　一名痞氣十足的流氓老大帶著兩名手下大搖大擺地走進美吉家裡。

　　流氓老大一屁股坐在沙發上，翹起腳來慵懶地問道：「怎麼樣啊？錢湊到了沒有啊？」

　　美吉的爸爸拿出龍石，討好地說：「劉老大，錢是小事啦。我們找到了一個稀奇的寶貝，叫做龍石，你看，就是這個。」

　　流氓老大站起來揪住美吉爸爸的衣領，罵道：「什麼寶貝、龍石？你好大的膽子是在耍老子嗎？」

　　美吉爸爸：「沒、沒的事，這顆石頭真的是珍寶，我沒騙你！」

　　流氓老大扯下墨鏡，不屑地看著龍石怒斥道：「這顆破石頭既不是黃金，也不是鑽石，送給老子，老子都嫌占空間，哪裡值錢？」

　　美吉爸爸急忙解釋：「這顆石頭不是一般的石頭，它可以把人變成恐龍！」

　　流氓老大聽著不著邊際的話，心裡更加生

氣，大聲罵道：「你還說！」並作勢兩名手下痛打這個沒錢還又愛說謊的騙子。

美吉一看，強忍著害怕替父親辯護：「是真的，我爸爸沒說謊，你放過我爸爸吧！」

流氓老大看看美吉，放下美吉的爸爸，惡聲惡氣地說：「證明給老子看！如果是假的，你、就、死、定、了！」

美吉爸爸喘口氣後，向著兩名凶神惡煞的手下問道：「請問你們哪一位想當恐龍？請把名字報給我。」

兩名惡煞面面相覷，接著爆出笑聲，互道：「我先來好了！」「不、不，我來好了！」

流氓老大見狀，果斷地下決定：「劉少少，你先來吧！」

劉少少笑道：「好哇，我用扮得比較快！」

劉少少扮起暴龍走路、張嘴咬人的樣子，流氓老大及另一名手下笑成了一團。

「要開始了。」美吉爸爸咳了一聲。

　　流氓老大輕蔑道：「好！看你怎麼變！」

　　美吉爸爸手握龍石，說道：「劉少少，我希望你變成恐龍！」

　　靜止了一秒，沒有任何變化產生。

　　美吉爸爸焦急地對著龍石再說一遍：「劉少少，我希望你變成恐龍！」

　　劉少少笑道：「沒反應！哈哈哈！」

　　流氓老大揶揄道：「你的恐龍在哪裡？」

　　美吉爸爸說道：「我親眼看見他們是這樣做的，我沒做錯啊！」

　　受夠胡言亂語的流氓老大一個拳頭過去擊中美吉爸爸的臉頰，美吉爸爸應聲倒地。

　　美吉連忙跑去攙扶爸爸：「有話好好說，別動粗！」

　　流氓老大說道：「還真虧你能想得出這麼有創意的笑話！剛剛的事老子就算了，不過——錢還是要還！」

　　美吉爸爸的嘴角滲出血來，用手擦拭後撿起

龍石說道：「我就不信，再來！」

美吉：「爸爸！」

龍石遇到血後開始產生紋理變化，美吉的爸爸沉聲道：「劉少少，我希望你變成恐龍！」

劉少少：「還來！不怕再挨……揍……」

話未說完，劉少少已變身成一隻高壯的恐龍，頂到了天花板！

流氓老大一把搶過龍石，笑道：「這玩意是真的啊！這下有得玩了！哈哈哈哈！」

天色由昏黃轉成暗黑。三元與陸仁跑進後山倉庫時，已不見恐龍媽媽，附近也未見蹤跡。

三元焦急道：「糟了！這下玩大了，媽媽不見了！」

陸仁：「這麼大隻會去哪？」

王莉莉走進來：「媽應該還在附近，因為她

怕黑。」

　　恐龍媽媽一路跑到後山的一片草原裡，此時天色已黑，恢復理智的她邊走邊哀嘆著：「唉～我怎麼會變成這樣？一隻恐龍？能變得回去嗎？我該怎麼辦呢？」

　　突然她撞見一隻躲在暗處的巨大怪物，嚇得花容失色的大叫著：「救命啊！怪物啊！」

叫完後，也鎮定了許多，自嘲的想著：「我自己也是……怪物啊！怕什麼？」

再仔細一看，原來她來到的這個地方是座小公園，而剛剛那隻怪物竟是一隻塑膠製的恐龍模型。

恐龍媽媽心裡咒罵著：「嘖！原來是假的，嚇得我魂都飛了。」

最後她來到一個凸出山壁的大樹叢下，坐了下來：「還好有個地方可以藏身。」

無聊發著呆的恐龍媽媽無意間看到自己的手指上仍套著手機，「咦？我還帶著手機？剛剛都沒發現，搞不好可以向人求救！」

恐龍媽媽拼命用手指要滑動手機上的螢幕，無奈手指太粗了，試了幾次，終於發出一通簡訊，但也累得躺下。

「希望有用。」不安的恐龍媽媽抱著些微的希望，望著山下點點閃爍的燈光陷入漫長的等待。

✖……✖…◆…✖……✖

　　客廳裡，先前騷動中滾落在茶几下的手機微弱地震動著，螢幕上也正閃爍著亮光。

　　陸仁與三元正在修理窗戶，「乒乒乓乓」的敲打聲掩蓋了手機的震動聲及鈴聲。

　　「吃晚餐囉！」王莉莉買了晚餐回來，餐點就放在茶几上。

　　「太好了！」陸仁與三元一齊放下手邊工作，衝到茶几旁。

　　「餓死了！」三人打開餐盒，一陣狼吞虎嚥，都未注意到茶几底下的震動聲，而震動聲越來越微弱。

　　「三元，你是不是餓壞了？還發抖？」王莉莉開始覺得有些異樣，問著三元。

　　「發抖？沒有啊！只是從來沒有餓這麼久！」三元答道。

　　「唉～媽到底去哪裡了？」王莉莉突然有感

而發感嘆著。

陸仁笑道：「我看是莉莉妳今天跟我相處這麼久，太高興了，所以心頭有些小鹿亂撞吧？」

「誰小鹿亂撞了？」王莉莉嬌哼一聲，抬腳向陸仁踢去。

「哈哈！」陸仁沒閃開，反而一把抓住王莉莉的腳，再把腳靠在茶几旁。

細不可聞的震動持續掙扎著。「咦?! 難道……」陸仁與王莉莉的心中一動，不約而同地彎下腰看向茶几底下。

「腫摸了？」三元滿嘴的飯菜口齒不清地問道，還搞不清楚發生了什麼事。

王莉莉從茶几底下拿起手機。

「我的手機！是媽傳來的簡訊！」王莉莉興奮地說道。

但是一開手機，手機的畫面馬上消失。

「是沒電了嗎？怎麼辦？」

「一定是那隻貓怪打壞了！」三元說道。

「沒關係，給我王媽媽的號碼！」陸仁說道。

王莉莉：「你有辦法嗎？」

陸仁：「當然有，我用最新的 GPS 衛星定位來找人！」

陸仁打開平板電腦，跳出一張地圖的畫面：「接下來只要輸入手機號碼，嘿嘿！」

只見螢幕上的地圖有一個點在發光閃爍著。

陸仁：「你們看，最後訊號是由這裡發出的，約莫在 1 分鐘前。」

三元與王莉莉湊了過來，三元：「哇！出現了？找到媽的位置了？」

王莉莉：「真的耶！這是哪兒呀？」

陸仁靠近看地圖：「這個位置好像就在離此不遠的山裡面。」

王莉莉：「就在附近？那我們明天一大早就入山去找媽！」

「嗯！」三元抬頭望向天空，心中暗暗發誓

一定要找到媽媽！

　　黑夜裡某巷口內，一隻巨型貓龍追逐著一隻小老鼠到死巷口，老鼠鑽進牆角的小洞逃走了，巨型貓龍想跳上圍牆追出去，卻壓垮了圍牆，看到這滑稽的畫面惹得附近兩隻狗的訕笑。

　　巨型貓龍看見自己的天敵，嚇得挾著尾巴轉身要逃，卻一碰把一部汽車給撞飛了，巨型貓龍發現自己的力量竟然可以撞開汽車，也愣住了。

　　而原本在嘲笑的狗兒們看到這一幕，停止了訕笑，也愣住了。巨型貓龍鬆了鬆脖子，轉頭瞪向那兩隻狗。

　　兩隻狗露出驚駭之色瑟瑟地抱在一起，巨型貓龍逐漸靠近，牠露出奸邪的笑容，張開白森森的利齒……

　　三元躺在自己房間的床上，王莉莉把床上一本封面畫著怪獸呲牙裂嘴的書收了起來，替三元蓋上被子。

　　王莉莉：「快睡吧，明天還要到山裡面找媽呢。」

　　三元：「嗯。」

　　王莉莉拍拍三元的肩膀說道：「現在最重要的是要養足精神與體力，知道嗎？」

　　三元說道：「我知道了，姐，妳也去睡吧。」

　　王莉莉：「好。」

　　王莉莉離開後，三元望著窗外的月光，喃喃道：「我哪裡睡得著呢……媽媽！」肚子突然發出「咕嚕～」的鳴叫聲，「姐買的外食還是沒有媽媽做得好吃……我、我真是……嗚～媽媽～妳到底在哪？」「啊——哈啾！」

　　同樣的月光下，恐龍媽媽蜷縮著身軀躲在大樹叢下，一邊想著自己的孩子：「孩子們，你們

現在怎麼樣了？三元，你鼻子過敏，一遇陰雨天就噴嚏連連的；莉莉，妳有異位性皮膚炎，有些食物不能吃，妳有沒有乖乖聽話呢？唉～我不在家，你們該怎麼辦呢？」恐龍媽媽揪著心在不知不覺中跟著黑夜一起沉睡了。

　　一個晚上過去了。太陽由山坳間冉冉升起，一道金光刺進了恐龍媽媽的眼睛裡，被早晨的陽光喚醒，為孩子準備早點的習慣讓恐龍媽媽睜開了眼睛，一心想著「天亮了，要替孩子準備早餐」，一個不注意頭部撞到上方的樹幹，發出「哎呀」一聲慘叫。

　　再看看自己滿布皺皮的小手還搔不到痛處，這時候才醒悟「原來自己還是一隻恐龍，一隻全身長滿皺皮粗筋的醜怪恐龍」。恐龍媽媽有些自怨自艾，很想放聲大哭，但是突然聽見有腳步聲靠近。

　　恐龍媽媽想到，這天一亮，上山的遊客就會

變多，為了不嚇到人，因此只得往更深山處躲藏。

腳步聲越來越近，一名妙齡少女由小路上衝了出來，恐龍媽媽立刻停止動作，少女因此並未察覺恐龍媽媽的存在。

就在少女即將跑出恐龍媽媽的視線時，一個惡形惡狀的男子從樹叢間跳到少女面前。

男子一看就是壞人臉，一邊抽出小刀，一邊叫嚷道：「哈哈哈哈！老子是一個超凶狠的強盜，快把妳身上的錢統統交出來！」

少女嚇一大跳，叫道：「你……你……」

男子沉聲道：「你什麼你，這是打劫呀！動作快！」

看著少女被壞人脅迫，恐龍媽媽的正義感油然而生，默默地移動到強盜的背後，形成一道巨大黑影。

少女發現強盜背後出現的巨大黑影，露出驚愕的神情一邊慢慢向後退了幾步，下一秒便轉身

拔腿就跑。

男子怒喝：「喂！不准走！站住！」

但少女根本不管對方的怒吼，驚叫著「救命」倉皇逃離了公園。

男子抱頭低吟著：「究竟怎麼搞的？為什麼用像看到鬼的眼神看著老子？不，那個視線不是對著老子，而是老子的背後……」

男子低頭看著自己的影子突然變大了許多，一股冷顫從腳底冒出，回頭一瞧，一隻巨大的暴龍正惡狠狠地盯著他，鼻孔冒出一道白熱氣，正巧噴在他的臉上。

男子嚇破了膽，直喊著「我的媽呀！咳咳咳！」還不小心被口水嗆到，咳了好幾聲，由於驚嚇過度，男子的身體一軟，便昏倒過去。

恐龍媽媽不屑地說道：「真是沒膽！」

　　三元、王莉莉與陸仁三人來到上山的入口，正巧碰到一名少女跌跌撞撞地跑出來，從神情推測，這名少女應該看到了某種「不常見」的東西。

　　陸仁摸著下巴：「應該就在前面了。」

　　三元、王莉莉同聲喊著「媽媽」，便加緊腳步往山裡走去。

　　再將畫面切換到山上，恐龍媽媽費了一番工夫把壞人五花大綁後，正要轉身離開，發現一處草叢正晃動地厲害。

　　再仔細一瞧，恐龍媽媽像發現什麼一樣，抓出一隻正要鑽進樹叢中的四腳恐龍。

　　四腳恐龍看起來胖胖的，就像一隻變形的河馬。

　　四腳恐龍一邊晃動著短短的四肢，一邊哭喊著：「別吃我！別吃我！」

　　恐龍媽媽覺得好奇，說：「你……你會講話？你是誰？你也是從人變成恐龍的嗎？」

四腳恐龍囁囁地說道：「我……我……」

恐龍媽媽不耐煩地問道：「你倒是快說呀！」

四腳恐龍說：「我本來是個人……一定是因為我常常欺負人，還有說謊，才會被詛咒變成恐龍的。」

恐龍媽媽抬頭望天苦笑：「你還有原因，那我呢？我自己卻不知道做了什麼，才會變成現在這幅模樣。」

四腳恐龍再度往樹叢裡鑽去：「我現在要回

家找我媽媽了。」

　　恐龍媽媽：「我也想回家，但只怕三元他們會被我嚇死。」

　　四腳恐龍聽到熟悉的名字，停下了腳步回頭：「你說的是王三元嗎？我、我最近說了謊，誣賴給王三元，他一定被他媽媽罵得很慘……一定是因為這樣，我才變成這副怪模樣……」

　　四腳恐龍告解完後再度竄入樹叢中，不見蹤影。

　　恐龍媽媽在後頭喊道：「你、你到底是誰？」

　　四腳恐龍：「我是……巴霖。」

　　恐龍媽媽：「啥！」

08

脱胎換骨

　　監獄大樓的會客室內，一名手臂上滿是刺青的犯人隔著玻璃，面對著來會面的流氓老大。

　　刺青犯人拿起話筒：「老大，有什麼事？」

　　流氓老大對著話筒說道：「哼哼～脫胎換骨的時間到了！」

　　刺青犯人不解地問道：「脫胎換骨？什麼脫胎換骨？」

　　流氓老大：「反正你在裡面給老子找一些人，把這些人的名單給我，明天早上放封時間一到，在空曠的地方給我等著就行了！」

　　刺青犯人：「別吊我胃口啊，老大！到底是要做什麼？」

　　流氓老大：「可以還你們自由，還可以大鬧一場！」

　　刺青犯人：「喔？真的？大鬧一場？太好了！哈哈哈哈！」

　　流氓老大：「喔哈哈哈！」

✦ ⋯⋯ ✦ ⋯◈⋯ ✦ ⋯⋯ ✦

　　三元等人沿著起伏的山路行走著，王莉莉突然扭到腳，「哎呦」一聲跌倒了。

　　陸仁：「還好嗎？先坐下來休息一下吧。」

　　陸仁攙著她坐到一顆大石頭上面。走在最前面的三元，並未查覺到姐姐跌倒，繼續往前走了幾個坡道後，行人已逐漸稀少。

　　三元：「真奇怪！媽媽到底跑到哪裡去了？」發現後方無人回應，一回頭已不見陸仁與王莉莉他們，不禁呀然：「姐姐？陸仁哥？怎麼連你們也不見了？」

　　三元看到四周無人，想起最近發生的一連串意外，不由得悲從中來：「媽媽～我也不是故意要把妳變成恐龍的，只是、不小心，也是一時氣不過……」

　　「……為什麼對我這麼嚴格？我的同學他們的父母每天只在給錢的時候才出現，從來不管他

們的……」

樹叢中有道黑影掠過，三元好奇探頭望去，腳下不慎踩到一處軟泥滑倒，身體重心不穩，掉落到崖下。

「救命啊！」當三元正要摔在崎嶇的岩地，這下不死也要重傷時，樹林中突然伸出一雙小巨手接住了三元，其中一隻手還連著手機。

三元有些詫異自己沒受到預期中撞擊堅硬地面的疼痛，反倒是略有彈性的觸感從背後傳來。驚魂甫定，他仔細一看，是一隻暴龍接住了他，一隻正在流淚的暴龍。

三元：「啊！你？」

恐龍媽媽深怕會把三元嚇跑，只是輕聲喚著：「三元！」

三元一聽：「媽媽！妳是媽媽？」

恐龍媽媽：「你怎麼知道我是媽媽？」

三元：「我認得手機的樣子，還有媽媽的聲音。」

　　恐龍媽媽哭道：「三元，我的寶貝～媽媽、媽媽真不知道自己是吃錯了什麼東西，變成了這個樣子……」

　　三元看見媽媽難過的樣子，始終鼓不起勇氣向媽媽坦承事情的經過，只敢低聲叫喚：「媽媽～我……」

　　沒一會兒恐龍媽媽便強打起精神，突然想起什麼似的問道：「對了，怎麼連你的同學也變成恐龍了？」

　　三元問道：「什麼！是巴霖嗎？」

　　恐龍媽媽問道：「嗯，是這個名字，不過你怎麼會知道？」

　　三元不斷道歉地說：「對不起、對不起，媽媽！」

　　恐龍媽媽覺得三元的表情很是奇怪，問道：「這到底是怎麼回事，三元？」

　　三元說道：「對不起……這都、都是我的錯！」

　　將三元安放到地面上後，恐龍媽媽問道：「你別一直道歉，我還是一頭霧水！快說說到底是怎麼一回事！」

　　三元拿出裝有龍石的袋子，說道：「都是這顆龍石！握著它唸出人名，這人就會變成恐龍！」

　　恐龍媽媽：「什麼？」

　　三元：「我也不知道它會成真……」

　　恐龍媽媽氣道：「你說你希望媽媽我變成恐龍？還是拿媽媽當實驗品啊？」

　　三元急得有些哭了：「對不起嘛～」

　　恐龍媽媽嘆了一口氣，接著問道：「三元，你當時是不是很氣我？」

　　三元：「……嗯……有一點……不過我現在超後悔的，我真的不是有意想妳變成恐龍的！」

　　恐龍媽媽：「唉～我知道，我應該多考慮一下你的感受，把事情好好問個清楚才對。剛剛聽到巴霖的告解，才發現我當時真的太急躁了。」

三元說道：「妳現在知道我什麼都沒做就好……」

「只怪我當時太忙了，希望……希望將來還有機會能再當你的媽媽，可以……」話還沒說完，恐龍媽媽已泣不成聲。

三元也哭道：「媽媽，媽媽，一定可以的，一定可以變回來的。」

恐龍媽媽問道：「真的？」

三元：「是的！來！我們來打勾勾。」

三元伸出手指要勾住媽媽的手，卻發現媽媽的手實在太大了。

恐龍媽媽嘆道：「媽媽可能沒辦法……跟你打勾勾了。」

三元碰了一下媽媽的手指：「蓋章也行。」

恢復精神後，恐龍媽媽問道：「三元，你怎麼知道一定可以變回來？」

「因為……」三元將裝龍石的袋子打開，向媽媽解釋：「博物館館長說只要把這顆龍石拿到

焚化爐裡面燒掉，你們就會恢復原狀。」

「妳看！」

三元取出龍石後一看，卻愣住了。

「怎麼了？」

「這不對呀，這是假的龍石……是美吉！」

一部急駛中的黑頭車裡，美吉父女坐在後座。美吉突然耳朵發癢。

美吉爸爸：「怎麼了？」

美吉瞇著眼道：「沒什麼，只是突然覺得耳朵有點癢。」

美吉爸爸抬頭向坐在前座的流氓老大問道：「老大，我們給了你龍石，應該可以抵債了吧。」

美吉：「對呀，快點放我們走！」

流氓老大：「呵呵～先別急，等一下有了結果再說吧！」

　　美吉爸爸：「什麼結果？你不是已經看過了嗎？你到底要載我們去哪裡？」

　　流氓老大：「呵呵！我們現在要去一間超大實驗室。」

　　美吉：「超大實驗室？」

　　陸仁與王莉莉並肩坐在大石頭上，眺望著遠處的海水不停歇地拍打著海岸。

　　沒多久，陸仁站了起來，望著前後山路，發出疑問：「奇怪，妳弟弟怎麼一會兒就不見了？」

　　王莉莉：「誰知道他，就算在平日也常看不見人影。」

　　陸仁重新坐下，目光雖看著其他地方，但嘴裡仍問道：「還痛嗎？」

　　王莉莉：「……你到底愛不愛我？」

　　陸仁：「還用問嗎？」

王莉莉：「依照館長的說法，萬一我也變成恐龍，你是否仍會愛我？」

「當然！就算海枯石爛，我也……哇啊啊！」陸仁一回頭，被眼前的事物嚇得發出淒厲叫聲，繼而「咚」的一聲昏厥在地。

王莉莉此時已經變成一隻滿布皺紋的紅色迅猛龍，口角還淌著唾液。

王莉莉問道：「喂！海還沒枯呢！」

09

流氓恐龍

　　天上的烏雲開始密布，流氓老大開著黑頭車，載著美吉父女來到了監獄門口外。

　　流氓老大：「就是這裡了。」

　　美吉看看車窗外：「這裡是監獄耶！」

　　美吉爸爸：「你載我們來監獄做什麼？」

　　流氓老大：「呵～為確保一切順利，我需要多一些的人、類、樣、品～」

　　美吉問道：「爸！我們是不是在助紂為虐呀？」

　　美吉爸爸：「唉～現在也沒辦法退出了！」

　　監獄的運動場內，聚集著數十名犯人。

　　其中一人：「老大叫我們來做什麼？」

　　刺青犯人：「當然是有重要的事啊！老大說等一下我們就知道了！」

　　「重要的事？」

「到底怎麼回事？」

「要辦趴呀？我最喜歡了！」

看到犯人們七嘴八舌的聚在一起，兩名巡視的獄警覺得事有蹊蹺，拿著警棍走了過來。

獄警：「喂！你們一群人圍在這裡做什麼？」

刺青犯人咕噥道：「老大到底在做什麼？還不快點？」

監獄門口外的轎車上，流氓老大拿起龍石及一碗血，不懷好意地暗笑著：「舞會要開始了，狂歡吧～」

監獄運動場內，獄警對著犯人說道：「休息時間過了，還不快進去？還在做什麼？」

一名犯人：「別抓我啊！」

刺青犯人：「等等……」

就在獄警們正要驅趕犯人時，犯人卻一個個變身成各式各樣的巨型恐龍，回過頭來攻擊獄警。

獄警發出慘叫：「啊——救命啊！救命啊！」

刺青犯人也變成了一隻巨大的刺青暴龍，向獄警撲了過去。

「救命啊！」「別抓我啊！」現在換成獄警們此起彼落的求救聲，他們紛紛逃進監獄的行政大樓內，拉下鐵門將暴走的恐龍大軍擋在門外。

恐龍們大肆破壞監獄周遭的設施及圍牆，有些獄警還嚇得逃出圍牆外。

流氓老大就在一旁觀賞這難得一見的恐龍暴走秀，等到圍牆被暴動的恐龍踩破了一個口後，

便從容地走進監獄廣場，對著這群恐龍大吼道：
「靜一靜，大家先靜一靜！」

　　恐龍們正在興頭上，忙著跟獄警玩你追我跑
的遊戲，根本不理會流氓老大。

　　流氓老大繼續說道：「我們去做一點有用的
事情吧！」

　　刺青暴龍注意到自己老大：「你有什麼可用
的計劃？」

　　「當然有！」流氓老大覺得有些生氣，對著
恐龍們大聲說：「但是有兩個條件，」接著緩緩
舉起一根手指，「第一，要聽我的話，否則就把
你們變回原形，繼續吃你們的牢飯。」

　　恐龍們回頭，漸漸停止了破壞行為。

　　流氓老大舉起第二根手指，接著說：「第
二，拿到的東西要先交給我，我再作分配，知道
嗎？」

　　刺青暴龍問道：「要拿什麼東西？」

　　流氓老大答道：「當然是值錢的東西呀！

只要乖乖聽話，我不會虧待你們的。現在跟我走！」

「他是誰？」

「他就是流氓老大！」

「為什麼要聽他一個人類的話？」

「因為是他把我們變成恐龍的！」

「先暫時聽他的吧，免得⋯⋯」

這一大群犯人變成的恐龍就這樣浩浩蕩蕩的跟著流氓老大走向市中心。

10
大鬧市區

　　一群恐龍闖進了人來人往、有著數家銀行的街道上。

　　流氓老大發號施令：「大家去銀行搬點零用錢來，我看就金塊吧！哈哈哈哈！」

　　有些恐龍爬上高樓玩追逐遊戲。一隻禿頭龍還撞破了銀行的金庫牆壁。看到恐龍軍團大鬧街區，行人們無不嚇得四處逃竄，尖叫連連。有些民眾趁著空檔報警，大批警車因此陸續湧進。

　　警方圍出一道封鎖線，跟恐龍兩相對峙。警

察們紛紛掏出警棍與手槍，緊張戒備，一名西裝筆挺的警官用擴音器對著逛大街的恐龍們喊道：「立刻停止搶劫行為，否則我們將以現行犯逮捕！」

恐龍們趴下彼此交頭接耳：「怎麼辦？」「他們有槍……」

刺青暴龍隨手抓起一部汽車，大笑：「真丟臉，你們難道忘了現在我們是人見人怕的恐龍嗎？不會把槍搶過來？吼吼——攻擊！」

恐龍們紛紛起身。

「你們還不快……」警官話未說完，數部汽車突然橫飛過來，瞬間現場接二連三產生火花與爆炸畫面，警察們慌忙閃躲。

警察們躲在遮蔽物後朝著對講機大叫：「快請求軍方支援！」

老媽變恐龍

　　戰機、武裝直升機及坦克車都出動了，但是仍無法對付這群流氓恐龍。

　　恐龍在街上大鬧的同時，另一邊流氓老大開著一部大型貨櫃車停了下來，美吉父女坐在副駕駛座上。

　　「你們找到的黃金就先搬到這貨櫃車上！」流氓老大用擴音器對著外面搶劫的恐龍們說道。

　　恐龍們都各忙各的，僅幾隻迅猛龍答道：「是的，老大！」

　　流氓老大嘆道：「這些人，真是不知感恩！」

　　美吉有些生氣，「你的目的已經達到了，現在可以放我們走了吧？」

　　流氓老大搖搖頭：「不行！你們現在是顧問，萬一我的恐龍部隊出現了問題，找誰問去？」

　　這時一隻恐龍拖著一箱黃金走過來，箱底因摩擦地面而破了一個洞，裡面的金塊頓時散落一地。

　　「笨蛋！你不會小心一點啊？」流氓老大邊罵邊打開車門走下去。因為匆匆下車，龍石竟留在座位上。

　　坐在旁邊的美吉率先看到了龍石，睜著漂亮的大眼：「爸爸，龍石就在那邊，我們……」

　　美吉爸爸：「嗯？妳想說什麼？」

　　美吉氣憤道：「這些人真是太可惡了，竟然利用我偷來的龍石為非作歹，到處搶劫作亂……嗚嗚嗚～我太對不起三元了──」

　　美吉爸爸：「這也是沒辦法的事情呀，美吉，要不是為了還債，我們哪需要做這些傷天害理的事呢？現在，還是保命要緊呀！」

　　透過車窗望去，只見流氓老大正忙著指揮恐龍小弟搬運黃金，美吉拉著父親的手催促著：「爸爸，趁那個流氓在忙，我們快逃吧！」

　　美吉爸爸沉思了一下，點點頭同意女兒的提議。

　　美吉拿起龍石與父親急忙跳下車，但是美吉爸爸卻不小心摔倒，發出「哎呀」一聲，傳入流氓老大的耳裡。

　　流氓老大回頭，一看美吉父女試圖逃走，便

大聲叫道：「喂！站住！我的龍石！你們快去追！」

藍色與綠色的兩隻迅猛龍追了過來，扶著父親的美吉急道：「怎麼辦？」

「妳……先走！」剛說完不久，美吉父親的身體便出現劇烈地抖動，接著就變成一隻恐龍。

美吉驚道：「爸爸！」

美吉爸爸將美吉遠遠拋到對街的一處舊床墊上，並立即回頭擋住兩隻正在靠近的迅猛龍，大聲叫道：「美吉妳快走！快！」

美吉強忍著淚水，心裡默喊著父親，一邊拿著龍石拔腿狂奔幾條馬路後，最後來到住家附近的小巷中，躲了起來。

美吉抱著膝蓋蹲坐在地上，沮喪地喊著「爸爸」。

突然由背後冷不防的發出一聲「美吉！」

美吉嚇了一大跳，道：「誰？是誰？」

「是我！」三元從巷口閃身而出。

「啊！是你呀，三元！差點嚇死我了！」

「我到處在找你。」

「三元……對不起！」

「龍石呢？」看到美吉低頭認錯，三元也不忍再苛責。

美吉拿出龍石：「就在這裡，拿去吧！」

三元取回龍石，仔細端詳後便放進袋子，準備離去。

美吉：「三元！你……你不罵我？」

三元搖搖頭：「我已經沒有時間罵妳了，現在最重要的是，就是趕去焚化爐把龍石燒掉。」

美吉問道：「把龍石燒掉？」

三元說道：「嗯，只要將龍石拿到焚化爐或高溫的地方燒掉，就能解除魔咒，那些變成恐龍的人也會回復原狀。」

美吉：「真的？」

三元：「是的！」

美吉：「那我們快去……」

「太遲了，小傢伙們！」路邊跳出藍綠兩隻迅猛龍。

三元：「糟了！」

藍迅猛龍：「你們好大的膽子敢來偷龍石！」

三元：「是你們先偷走我的龍石！」

綠迅猛龍一把搶走龍石：「說什麼你的龍石！」

三元：「啊！」

藍迅猛龍：「老大說這女孩也要抓回去！」

「嘿嘿嘿！」兩隻迅猛龍一步一步逼近美吉時，一隻紅色迅猛龍突然出現。

紅迅猛龍：「等等！老大要我看看你們有沒有拿到龍石。」

「這是──」三元覺得這聲音很熟悉，一時想不起來是誰。

綠迅猛龍：「你是？」

紅迅猛龍：「我是老大新收的女祕書，他要我來看看你們有沒有好好完成任務，還是私吞

了……」

藍迅猛龍捧著龍石一臉堆笑著：「當然不會！你看龍石就在這裡！」

紅迅猛龍一把拿走龍石，滿意地說：「很好！」

突然間「碰碰」兩聲，藍綠迅猛龍雙雙倒地，而背後赫然出現了陸仁，手裡還拿著一根金屬球棒。

「這兩隻龍的頭真夠硬的，害我的手痛死了！」陸仁撫著手臂直嚷嚷。

三元：「啊，陸仁哥！」

陸仁：「是啊，正是在下我呢。」

三元左右看看：「那我姐呢？」視線停在紅迅猛龍身上，喃喃著：「不會吧？」

紅迅猛龍：「就是本姑娘！看你做的好事！」

三元：「對不起嘛！」

陸仁：「好了，事不宜遲，現在我們已取得龍石，快點把龍石送去焚化爐！」

紅迅猛龍：「對，要快！」

「來！都上來我的車！快！」不知何時，陸仁已經把車開了進來，一邊催促著三元他們。

三元從姐姐那邊取回龍石，裝進袋子後，跟著美吉坐上陸仁的車。

就在四人揚長而去後，佯裝昏倒的藍迅猛龍睜開了眼睛，拿出手機撥通電話：「老大……」

11
絕境反攻

　　街道上，一隻看起來行動遲緩的四腳龍背上負載著許多沉重的箱子，箱子內的金光不時從虛掩的縫中透出，正一步一步的緩慢前進，後面跟著兩隻長頭髮的暴龍。一隻留著燙捲髮、一隻則是長直髮。

　　燙髮的暴龍急躁地催促四腳龍：「快一點！」

　　「好重喔！」這隻四腳龍就是巴霖。

　　長髮暴龍則細聲說道：「我們不可以這麼兇，要客氣一點！」

　　話未說完，長髮暴龍便抬起大腳踹向四腳龍的屁股，把四腳龍踢得差點翻倒，背上約一半的箱子因此滑落到地面上。

　　長髮暴龍罵道：「你看看你，反應這麼遲鈍！」

　　巴霖囁囁說道：「兩位大哥，我累了，可不可以讓我休息一下？」

　　燙髮恐龍道：「不行！你的個子小，天生就要給我們欺負，還敢說要休息？」

　　長髮暴龍在一旁用尖銳的聲音笑道：「對！好不容易變成了高大的恐龍，我要好好將以前受到的委屈一次討回來，盡情去欺負弱小！嘻嘻！」

　　巴霖嘆道：「嗚嗚～我以前就是仗著自己身材高大去欺負人，現在反而輪到自己被欺負了。」

　　這時有數部坦克車及警車緩緩駛來，警察對著巴霖一夥喊著：「快停下！把你們搶來的贓款交出來！」

　　「遵命，長官！」長髮恐龍嘴裡笑著如是說，另一邊卻拿起一個裝滿黃金的箱子丟向警車，警車頓時被轟得底盤朝天。一旁的警察怒斥：「你們……太過分了！我們要將你們全部抓起來關進動物園！」

　　這時又有許多汽車像玩具一般陸續砸來，警察們慌忙躲閃。

　　燙髮暴龍笑道：「我們是幾百萬年前陸地上

的霸主，誰敢抓我們？哈哈哈！」

長髮暴龍笑道：「哪有幾百萬年啦？愛說笑！啊——」

突然一顆砲彈打來，直接炸到長髮暴龍的頭頂上，頓時一頭長髮變得像燙髮一樣。

燙髮暴龍笑道：「你髮型跟我一樣了耶，哈哈！」

長髮暴龍朝著發射處一看，一部坦克車正蓄勢待發的等待發射第二波，怒道：「可惡！我最討厭別人把我的頭髮燙壞了！看老子的厲害！」長髮暴龍憤怒地衝過去把坦克車掀倒在地，燙髮暴龍也加入戰局，使得現場一片混亂。

巴霖趁隙丟下負載的箱子，逃之夭夭。

巷口內，巨型貓龍追趕著五隻狗來到一塊空地上，後頭是高聳的圍牆，眼見已經無路可逃，

五隻狗緊張地癱軟在地上，有些狗還嚇得尿在腿上。

巨型貓龍一步一步逼近，露出狡猾的笑容。

遠處可見恐龍們笑鬧著推倒了許多大樓。陸仁開著車載著變成紅迅猛龍的莉莉、三元以及美吉，筆直朝最近的焚化爐廠區駛去。

看見三元焦急的神態，陸仁笑道：「安啦！再五分鐘就可以抵達最近的焚化爐了。」

突然路旁一棟大樓傾塌，陸仁急忙轉動方向盤，閃過了被鋼筋水泥砸到的命運，下一秒前方的電線桿躍入眼簾，已經來不及轉向，等到回過神來，車頭已經凹陷冒著陣陣白煙。

「好險！」不知何者發出了感慨。

「看樣子車子已經不能開了。接下來的路我們只能靠自己的雙腳了。」陸仁試著發動引擎好幾次，仍無法發動車子。

紅迅猛龍嘆道：「欸──就差那一點耶！」

　　後面一部拉著拖車的軍用吉普車恰巧經過，駕駛士兵探出頭對他們問道：「你們有沒有受傷？」但看見了車上的恐龍，士兵驚呼之餘仍迅速地舉起步槍，瞄準紅迅猛龍。

　　紅迅猛龍舉起雙手，驚道：「我……」

　　三元見狀，張開雙手擋在紅迅猛龍的面前，急著對士兵解釋：「她是我姐姐，不是壞人啊！」

　　紅迅猛龍哭道：「三元……」

　　士兵為難地說：「可是，這是上級命令，讓我們遇到龍就要殺無赦呀。」

　　陸仁也跳出來：「我們已經知道，只要與已經變成恐龍的人有一點點血緣關係的人都會變成恐龍，不管他們願不願意，所以你們不能牽連無辜啊！」

　　士兵說道：「可是……」

　　三元繼續求情：「這些話都是博物館館長說的，你可以去向他求證！」

　　士兵答道：「很可惜，博物館已經倒塌了……

館長⋯⋯也瘋了。」

「啊？」「真的？」三元、陸仁都不敢相信。

士兵點點頭，表示默認。

三元拿出龍石說道：「士兵大哥，你看！全部的起因就是這顆龍石所造成的，只要把它送到焚化爐裡燒掉，那些恐龍就會變回人形了。」

美吉在一旁幫腔：「我們正要趕去焚化爐，但是車子壞了。」

士兵想了一想，終於被說服：「⋯⋯好吧，我載你們過去。」

三元：「謝謝！」

陸仁指著後面拖車問道：「後面裝什麼？」

士兵眼神飄移，結巴地說：「呃⋯⋯那是機密！」

「機密？」陸仁斜眼看著士兵。

「是的！」

紅迅猛龍催道：「別廢話了，我們快走吧！」

當吉普車正要離開時，突然一個冷酷又低沉

的聲音冒出來：「你們走不了了。」

　　流氓老大擋在路前。

　　「你們的廢話太多了。」流氓老大對著身後一揮手：「都給我上，把龍石搶過來！」

　　一群恐龍張牙舞爪地衝了過來。

　　「抓緊了，我們快──」士兵急忙倒車，突然一個電話亭砸過來，把吉普車及後面拖著的拖車撞翻了，拖車裡滾出兩團東西和一只皮箱。

　　眾人紛紛爬出翻倒的吉普車外。此時，士兵朝恐龍群丟出一顆火燄彈，形成一道熊熊火牆，阻止了恐龍群的進攻。

　　「牠們馬上就要衝過來了，快走！」士兵說道。

　　「那是什麼？」慌亂中，陸仁對著掉出的物品感到好奇，並伸手指了指。

　　「那是──搬運核廢料的機器人，別亂動！我得去找救兵了。」士兵神色有些狼狽，匆匆交代完後便拖著受傷的腳離開。

　　陸仁興奮地叫道：「啊哈～搬運核廢料的機器人欸～」

　　紅迅猛龍問陸仁：「你想做什麼？」

　　「我們來看一下吧！」陸仁打開皮箱，裡面裝有一部小型體感偵測器及筆記型電腦。

　　三元驚喜道：「哇！這是體感控制的！」

　　「是啊！」陸仁架起體感偵測器並打開筆記型電腦。

　　筆記型電腦螢幕經由體感偵測器掃瞄，已經成功地抓住了陸仁的骨架線條，此時，一旁躺著的一團物品也動了起來，原來這是一架機器人，陸仁啟動電腦的時候，也打開了連結機器人的訊號，機器人眼睛亮了起來，並挺起身體站了起來。

　　這部機器人的額頭上裝有視訊鏡頭，與電腦螢幕能同步顯示接收到的畫面。

　　「酷斃了！我們可以對著電腦遙控這架機器人。」陸仁指著機器人頭上的攝影機。

　　陸仁擺頭甩手，透過電腦螢幕的控制，機器人也依樣擺頭甩手。

「好酷喔！」三元面露羨慕之色。

就在兩人陷入沉迷的時候，這時阻擋恐龍進襲的火焰牆已熄滅，恐龍大軍正由四面八方朝他們包圍過來。

美吉急道：「一點也不酷！你看！牠們圍過來了。」

三元：「怎麼辦？」

「唔──那就用這台機器人試試看吧！」陸仁思忖一下說道。

「那我呢？」紅迅猛龍躍躍欲試。

陸仁緩緩說道，：「看來，這種偵測器一次可以偵測兩人，一起玩吧！」

紅迅猛龍：「好啊！」

紅迅猛龍站在體感偵測器前，骨架線條也呈現在電腦螢幕上，另一部2號機器人也站了起來。

「行得通嗎？它不是一個用來搬運廢料的機

器人而已嗎？」

「那就拿它們來搬走這些廢料吧！」陸仁在鏡頭前作奔跑動作，1 號機器人也跟著朝前奔跑，一直衝到恐龍群前。

恐龍群看見機器人衝過來，顯得有些害怕。

「糟糕！」

「機器金剛來了！」

「快躲啊！」

就在這群恐龍慌亂時，志得意滿的陸仁卻不慎踢到一顆小石頭滑倒了，「啊！」1 號機器人也跟著大摔一跤。

恐龍群看見機器人滑跤的畫面停止了騷動，又重新包圍過來。

「嘿嘿！這簡直是玩具嘛！」

「擋得住我們的高大身軀嗎？」

恐龍們紛紛輕蔑地取笑著，接著張牙舞爪地撲向 1 號機器人。

「現在要怎麼辦？」紅迅猛龍扶起陸仁。

陸仁看見恐龍們衝過來的影像，忙道：「快！隨便亂打！」

「什麼？」紅迅猛龍還搞不清楚狀況。

突然，陸仁打了紅迅猛龍一個巴掌。

「你——竟敢打我？」紅迅猛龍一時氣得失去理智，對著陸仁就是一陣拳打腳踢，陸仁一個閃躲，2號機器人跟著揮拳痛擊一隻在1號機器人背後欲偷襲的暴龍。

「成功了！」陸仁大叫。

「咦！」紅迅猛龍才恍然大悟：「這——實在是太好玩了！」

　　陸仁與紅迅猛龍立刻擺開武打架式，兩個機械人舉起粗重的拳頭攻向恐龍群，拳拳到肉。

　　流氓老大看到自己的恐龍軍團屈居下風，於是順勢躲了起來。而被打得落花流水的恐龍們也不再那麼氣焰囂張，失去對抗機器人的信心，紛紛敗退逃走。

　　陸仁和莉莉聯手成功擊退了恐龍的進擊，鬆了一口氣後，便轉身向三元說道：「現在是安全了，但這只是暫時的，誰知道牠們什麼時候還會攻過來？我和莉莉在這邊擋著，你和美吉兩人快走！」

　　紅迅猛龍也拉起三元的手說道：「三元——剛剛真謝謝你了！」想到剛剛三元跳出來替自己說話，莉莉感性地道謝。

　　三元害羞地說道：「我們是親人啊！」

　　美吉：「他們又來了！」

　　紅迅猛龍說道：「快走！」

　　三元：「姐，陸仁哥，你們要小心！」

　　陸仁：「三元，一定要把龍石丟進焚化爐裡面燒掉！記住了！」

　　三元：「我會的！可是——」

　　陸仁：「放心，就像是丟垃圾一樣，很簡單的。」

　　三元：「嗯——」

　　紅迅猛龍：「快走！」

　　陸仁與紅迅猛龍迅速回頭再與恐龍群激戰。三元與美吉趁機逃走，一邊仍屢屢回頭。

　　美吉：「放心吧，他們有鋼甲護身，自保一定沒問題的！」

　　三元：「唉～一切都是我的錯！」

　　美吉：「也是我的錯——」

　　突然一隻藍迅猛龍出現，把三元撞倒並踩在腳下。

　　「哎呀！」三元吃痛地叫道。

　　藍迅猛龍怒道：「對！都是你們的錯，把龍石搶走了，拿命來吧！」

美吉：「三元──」

就在這時，一隻肥胖的四腳龍衝了出來，把藍迅猛龍撞翻，藍迅猛龍被撞得破牆摔倒，暈了過去。

美吉扶起三元，問那四腳龍：「你、你是？」

四腳龍：「我是巴霖，我一直躲在旁邊，剛剛聽到你們說只要把龍石毀了，就能回復人形是真的嗎？」

三元眼神堅定地望著巴霖：「沒錯，巴霖。」

巴霖：「好！那我載你們過去！」

三元：「可是路上有很多障礙……」

巴霖：「放心！我這型的恐龍，別的不會，逃命最會了，快上來吧！」

巴霖載著三元與美吉，穿梭在堵塞的車陣廢墟中。

流氓老大從一處的斷垣殘壁中爬了出來，心裡納悶著那兩隻機械人究竟是從何處冒出來的，打亂了他的計劃。

　　餘光正巧撇見三元與美吉離開，大聲對著恐龍手下咆哮：「那兩個小鬼好像拿了龍石跑了，還不快追？」

　　恐龍與機器人兩方人馬正打得火熱，並未聽見，就算是聽見了，大概也無暇理會流氓老大。

　　流氓老大對著正與機械人混戰的恐龍們叫道：「你們這些忘恩負義的傢伙——」

　　話未說完，流氓老大的身體也抖動了起來，突然間變成一隻超級大暴龍。

　　看著自己的新造型，流氓老大立刻坦然接受，而且還很滿意地大笑道：「原來我還是有優良血統的——哈哈哈哈！」

　　暴龍老大憑著體型的優勢，毫不費力地便看見陸仁與紅迅猛龍躲在車堆角落裡比手畫腳。

　　流氓老大心裡暗道：「這兩人在那裡做什麼？」

　　陸仁的 1 號機械人轟倒了數隻恐龍，轉頭對

紅迅猛龍說道：「快！用重拳給他們一個痛快！」

「好！」紅迅猛龍笑答道。

　　就在兩人的機械人亮出巨大拳頭，準備對恐龍們展開致命的一擊時，突然間卻雙雙停下了動作，沒了動靜。原來暴龍老大突襲了陸仁他們，一腳踩爛了操控機器人的電腦。

　　「啊──」陸仁及紅迅猛龍同時愣住。

　　暴龍老大：「嘿嘿！我就知道有鬼！」接著左右開弓，雙手各抓住了陸仁及紅迅猛龍。

　　兩人，不，應該是一人一龍就在暴龍手裡拼命掙扎。暴龍老大對著有一半趴倒在地上的恐龍們叫道：「兄弟們，跟我去搶回龍石，快！」

　　恐龍們紛紛仰頭看著這隻超大暴龍，彼此交頭接耳。

　　「他是誰？」

　　「他就是那個流氓老大呀！」

　　「原來他跟我們一樣！」

　　「原來我們是一家人！」

　　「這才像話嘛！」

　　恐龍們認同了這隻暴龍的老大地位，紛紛聽

從命令起身跟著暴龍老大，追向三元逃走的方向。

山上的恐龍媽媽看見腳下的市區不斷有爆炸及冒煙的景象，憂心地掛慮著遠方的孩子，「三元、莉莉，你們不會有什麼危險吧？」

山路上突然開來了一部小貨車，司機抬頭看見了正在遠望發呆的恐龍媽媽，嚇得停下車來奪門而逃。

恐龍媽媽聽到尖叫聲回過神來：「唉～我真有這麼可怕嗎？」

這時車子上的廣播聲音隱約傳來：「……現在特別報導，有一大群恐龍追著一隻載著……男女的四腳恐龍，他們的目的地……可能……垃圾焚化爐……」

「垃圾焚化爐？難道是三元他們？」聽著收音斷斷續續的廣播，恐龍媽媽一顆心也跟著七上八下。

12

終結龍石

三元一行人來到了垃圾焚化爐廠區附近。

巴霖：「到了，這裡就是焚化爐了。」

美吉：「三元，接下來要怎麼辦呢？」

三元：「把龍石當作垃圾丟進焚化爐裡燒掉不就行了？」

美吉：「有這麼簡單嗎？」

三元：「我們去跟焚化爐的工作人員說清事情的來龍去脈，相信他們一定會幫助我們的。」

三元他們正苦惱著該去找誰幫忙的時候，一名工作人員出現了，三元急忙跑向前問道：「先生，我們有一個很重要的——垃圾要送到焚化爐燒掉，請問——」

未等三元把話說完，工作人員即嚴肅地拒絕：「小弟弟，這裡是焚化機房重地，不是任何人可以進來的。」

美吉：「叔叔，我們真的有很重要的東西要燒掉！」

工作人員說道：「很遺憾，今天焚化爐剛好

在做維護整修，需要停止運作三天！」

三元驚道：「什麼？三天？」

工作人員答道：「是啊，最快也要再兩天呀。」

三元失望道：「兩天以後全世界的人類都已經變成恐龍了呀……」

工作人員人問道：「變成什麼？」

背後一大群恐龍挾著漫天黑煙衝了過來。

三元指著那漫天黑煙說道：「變成那個──」

工作人員驚叫道：「哇啊啊啊──」

馬路上正在進行畫黑白斑馬線的工程，一旁停著裝有高熱黑色瀝青及白色顏料的車子，施工人員見到大群恐龍襲來，嚇得拔腿就跑。

美吉：「牠們來了！」

三元轉頭道：「先生，我們……」

只見工作人員已跑得不見人影。

「跑得可真快呀！沒辦法，咱們自己來！」

與美吉互使了眼色後，來到了焚化爐廠房門口，只見玻璃大門緊閉著。

「糟糕！」

「怎麼辦？」

「你們讓開！讓我來！」巴霖大喊一聲，接著加速衝向玻璃門，把玻璃門撞破一個大洞，瞬間玻璃碎片噴飛滿地。巴霖的頭上插著數片玻璃碎片。

三元驚道：「你受傷了！」

巴霖：「你不要管我，快進去辦正事吧！」

「可是……」三元還是有些擔心。

美吉：「放心，你快進去，我來幫他把玻璃碎片拔出來。」

三元：「謝謝你！謝謝你們！」

美吉：「快進去呀！」

三元：「嗯！」

三元轉身跑進大門內，卻發現大樓內部越走

越是漆黑，三元傻住了。

美吉在幫巴霖拔玻璃碎片時，一隻恐龍跳過來抓住美吉的手，叫道：「美吉，龍石呢？」

美吉一聽，似乎是爸爸的聲音，問道：「爸爸？是你嗎？」

美吉爸爸急道：「龍石到底在哪裡？」

美吉哀求道：「爸爸，別越陷越深了！」

美吉爸爸嘆道：「我們已經沒有別的路了！」

美吉：「有！只要我們立刻毀掉龍石！呀——」

美吉被暴龍老大抓了起來，踢翻巴霖，指著美吉爸爸變的恐龍叫道：「你快進去找回龍石，否則我就吃了她！」

美吉爸爸慌忙搖手道：「別亂來！別亂來！」

美吉：「爸！別受他指揮！」

暴龍老大晃了一下美吉，指著大腳底下踩著的陸仁及紅迅猛龍，大聲說道：「去，順便告訴

裡面的人，若不交出龍石，就先踩死這兩人，這兩人是他的爸媽，知道嗎？還不快去！」

美吉爸爸無奈下被迫妥協，接著便匆匆跑進焚化爐廠區內。

陸仁苦笑道：「他說——我們是你弟的爸媽呢。」

紅迅猛龍：「真沒眼光，我有這麼老嗎？」

在焚化爐廠房區內的三元，眼睛似乎適應了控制室內的黑暗，環顧四周，最後找到了一個標示著「AUTO-RUN 自動化」的開關閘，「應該就是這個」於是用力拉下自動化的開關閘，控制室內的燈光全亮了，玻璃窗外的垃圾儲存坑清晰可見。

三元在心裡暗暗叫好：「太好了！現在就把龍石丟進去。」

焚化爐廠房外的四周有一群恐龍漫無目的地走動著，恐龍媽媽緩緩由半倒的樓房後面探頭出來。

「不知不覺間，竟然出現這麼多恐龍，太可怕了！」恐龍媽媽有些害怕。

暴龍老大在廠房大門前來回踱步，不耐煩地叫道：「太慢了——乾脆，大伙們直接毀掉焚化爐吧！」

「耶！太好了！」

「我最喜歡搞破壞了！」

恐龍們紛紛嚷著。

美吉大叫道：「喂！他們在裡面還沒出來呢！」

「對呀！你不守信用！」躺在地上的紅迅猛龍大叫。

「這聲音是……」遠處的恐龍媽媽愣了一下。

「別多話呀！」陸仁輕叫道。

暴龍老大的大嘴靠近紅迅猛龍，惡狠狠地問道：「你有意見嗎？」

「我——我是說你是當老大的，在兄弟面前應該要說話算話才對！」王莉莉慌了，因此有些口不擇言，換作在平常她只要稍微嗲聲一下，沒有男人可以抗拒她的要求，不過那是在平常，她人形的時候，但現在……

「哼哼！你們現在自身都難保了，還敢多話？不要命了嗎？」失去耐性的暴龍老大，抬起大腳準備踩向陸仁與紅迅猛龍。

「啊——完了！」看著漸漸逼近的巨腳，陸仁與紅迅猛龍心裡一橫，準備接受這可能是致命的一擊。

突然二人的身體被一隻身形較小的暴龍搶先抓了起來。

「老大，您的時間寶貴，留著辦正事吧。」恐龍媽媽解釋著。

「你──」

「好大膽！」

「竟敢搶走老大的獵物！」

恐龍們七嘴八舌地說著，唯恐天下不亂似的，滿心期待看到暴龍老大和這隻不知死活的小號暴龍打上一架。

「踩扁他們有什麼用，他們就交給小的來處理，老大是想吃紅燒還是油炸的？」小一號的暴龍不理會在旁瞎起鬨的恐龍群，討好地說著。

「原來他是廚房出來的！」

「我餓了！」

「我也是！」

其他恐龍一聽，紛紛流著口水一邊點餐，忘記剛剛自己還希望見到暴力流血的場面。

暴龍老大的臉色稍緩：「那──煮好吃一點！」

「遵命，老大！」恐龍媽媽抓著陸仁及紅迅猛龍迅速離開。

　　暴龍老大轉頭對恐龍手下們說道：「咳咳！咱們立刻毀掉焚化爐，絕不能讓他們燒了龍石！」

　　「是的，老大！」

　　恐龍們隨手拿了許多剝落的鋼筋土塊朝焚化爐丟過去，只見焚化爐廠區外的圍牆開始受到破壞而倒塌。

　　被帶走的紅迅猛龍看見這隻抓住她的恐龍，力道輕微還有點發顫，手指上掛著一支手機，於是輕喚道：「媽媽？媽媽，是妳嗎？」

　　「噓！」恐龍媽媽低聲回答。

　　暴龍老大突然一轉身跳到恐龍媽媽的身前。

　　「啊！」恐龍媽媽慌忙停下，「老大，你是要換別的口味嗎？」

　　暴龍老大笑道：「我不記得名單上有廚房的人……也沒聽過你的聲音？」

　　恐龍媽媽支支吾吾：「唔——我是新加入的——」

　　暴龍老大怒道：「胡說！你究竟是誰？」

　　其他恐龍也不懷好意地逐漸圍了過來，恐龍媽媽被逼退到路邊，瞥見路旁裝滿那台高熱黑色瀝青及白色染料的車子，還有鏟子……

　　恐龍媽媽見退無可退，索性豁出去了，向著恐龍們大聲說道：「快停下來！停止一切破壞焚化爐的行為，否則你們就會永遠是恐龍這副模樣，再也變不回去了。」

　　恐龍們聽到了，紛紛看向暴龍老大。

　　「她說的是真的嗎？」

　　「變不回來怎麼辦？」

　　暴龍老大怒道：「大家別聽她的，毀了龍石，大家才真的變不回去了，我以我的人格保證！」

　　「真的？」

　　「留著龍石總比沒有好！」

　　「對！就聽老大的！」

　　恐龍們又開始步步逼向恐龍媽媽，恐龍媽媽見無法勸服這群惡霸，放下陸仁及紅迅猛龍，拿

起小鏟子一邊揮舞一邊大吼著:「你們別過來!」

「快去拿下她!」暴龍老大催促道。

「是!」

「拿那小鏟子就想抵抗我們?」

「那根本就是玩具嘛!」

恐龍們笑鬧著走向恐龍媽媽,恐龍媽媽看情勢危急,忙用鏟子鏟進一旁滾燙的黑色瀝青及放著白色染料的染料鍋,將滾燙的液體勺出來潑向眾恐龍。

「啊!」「好痛啊!」圍過來的恐龍們被一陣陣滾燙的熱液潑到,痛得吱吱大叫。

恐龍媽媽將一瓢瓢的黑、白色熱液輪流潑向恐龍們,就像在家炒蛋一樣,輕輕鬆鬆就讓前來攻擊的恐龍們痛得齜牙裂嘴,身上也沾染了許多黑、白色線條,就像穿了斑馬裝一樣,痛得直跳腳。

恐龍媽媽一面潑熱液一面笑道:「哼!不聽話,這就是教訓!」

連暴龍老大都被波及，氣得哇哇叫道：「說！你到底是誰？」

恐龍媽媽再潑出一灘熱液到恐龍們身上，挺著胸脯大聲說道：「我是憤怒的媽媽，千萬別惹毛我！」

恐龍們受不了熱液攻擊，只能抱頭鼠竄，暫時不敢再胡亂進攻。然而眼見黑、白色染料已漸漸用光，恐龍媽媽心想著不妙了。

美吉指著被廢石擊得快倒的焚化爐廠房大叫道：「三元還在裡面，還沒出來呀！」

恐龍媽媽叫道：「三元！」

「真糟糕！」三元看見垃圾儲存坑裡面的垃圾非常多，而負責抓取垃圾的吊車抓斗，一次才抓一瓢的垃圾移到爐床上方投擲。

三元看看手中的龍石，心想：「這麼多垃圾，龍石就這樣直接丟下去，要到什麼時候才能被抓到呀？」

* 有關焚化爐的運作動畫請上網詳見 https://youtu.be/9Zh2zl2H6c 或
網站 http://www.3dcomi.com

　　正在躊躇著不知該如何是好時，一聲「框啷」巨響使正在思考的三元嚇得趴在地上，等一陣子過後，三元才循著聲音望去，控制室右方的玻璃窗破了一個大洞，地面散落著破碎的牆垣瓦片與玻璃碎片，從破口處可看到吊車抓斗的軌道偏離，晃呀晃的滑了過來。

　　三元靈機一動：「如果我跳上去攀住抓斗，直接把龍石丟進爐床裡面去燒，豈不是更快？可是……」看著深不見底的垃圾儲存坑，「這麼高，我可不敢跳呀！」

　　吊車抓斗在靠近控制室的前面停了下來，抓了一堆垃圾後就要離去，三元心想：「怎麼辦？怎麼辦？它要走了，再也沒機會了……」

　　地板突然一股地動，控制室霎那開始傾斜，看起來控制室似乎撐不了多久就會崩塌，必須快點離開，否則會一同摔到垃圾儲存坑裡面去。

　　「現在也管不得三七二十一了！」三元退後幾步後，深吸一口氣，助跑到窗口並奮力一跳，

勉強抓住了吊車抓斗上方的吊索，但腳下溼滑，
搆不著力，僅能用單手緊抓著吊索。他發現自己
為了贖罪，似乎什麼都肯做，也變得敢去做了。

　　慢慢的，吊車抓斗移動到爐床入口的上方。

　　「終於到了！」三元把龍石對準爐床入口往
下一丟，但是抓斗鋼爪突然打開釋放垃圾，掉下
去的龍石正好撞到了正在打開的抓斗鋼爪，反彈
後掉落在爐床旁邊的鋼板上，沒有掉進入口。

「糟了！它又要離開了！」三元眼看著吊車抓斗放完垃圾後就要移走，想也不想立刻跳到爐床上方的鋼板上。

一陣熱氣襲來，三元瞇起眼睛撿起了龍石，正要投入爐床入口時，美吉爸爸出現也抓住了龍石。

美吉爸爸叫道：「不准丟下去！給我！」

三元急喊道：「不行！」

當兩人為龍石爭執不下時，吊車抓斗又悄悄地移動過來，一堆垃圾從天而降，把三元及美吉爸爸一起撞進爐床內。

在爐床內底層的垃圾堆上，美吉爸爸甩甩頭，朝上方的爐床入口處跳了幾下，因為高度甚高，始終無法跳上去。

「完了！出不去了！」美吉爸爸嘶吼著。

「糟糕！門要關了！」三元叫著。

爐床入口的鐵門緩緩由兩側往中間闔上，警示閃燈也亮了起來。

美吉爸爸嘆道：「抱歉了，孩子！」

三元：「我們死定了嗎？」

就在鐵門即將關閉之際，恐龍媽媽用腳撐住鐵門，由夾縫處擠進來，往下跳到爐床底。

「快出去！」恐龍媽媽一把抓起三元與美吉爸爸，從入口鐵門的夾縫處往外奮力一丟。

三元與美吉爸爸被丟到爐床外面的垃圾儲存坑上，入口鐵門即將關閉。

「媽媽──」三元對著爐床大叫。

美吉爸爸抓住三元說道：「危險！快燒起來了！」

三元焦急道：「快救我媽媽！求求你！」

美吉爸爸搖頭嘆道：「來不及了！」

爐床入口的鐵門已經完全關閉，爐床內的爐火開始燃燒。

恐龍媽媽拿著龍石，仰頭嘆道：「唉～遺憾的是跟三元、莉莉相處的時間實在太少了，最後還要跟這些垃圾一起死～唉～」

　　就在恐龍媽媽飆淚嘆息時，突然入口處的鐵門被打破了一個大洞，暴龍老大跳下爐床，從發呆的恐龍媽媽手中搶走龍石，並推倒恐龍媽媽。

　　恐龍媽媽：「哎呀！」

　　「真是及時呀！寶貝！」暴龍老大親了龍石一下。

　　搶到龍石後，暴龍老大欲踩著恐龍媽媽的身體跳出爐外，恐龍媽媽凝神一閃，讓暴龍老大踩空跌倒了。

　　暴龍老大：「你幹什麼躲開？」

　　「好機會！」恐龍媽媽趁機雙腳蹬在倒下的暴龍老大身上，攀上入口的破損處，爐床底層的火已經漫燒上來了。

　　恐龍媽媽：「哼！我幹嘛不躲開？」

　　遠處的三元看見暴龍媽媽探出頭來，驚喜地大叫道：「媽媽加油！媽媽加油！」

　　當恐龍媽媽正要努力爬上來時，暴龍老大從下方抓住了恐龍媽媽的尾巴。

噴油管

　　暴龍老大獰笑道：「嘿嘿！在我眼皮底下休想逃走！」

　　「放手！」恐龍媽媽努力甩動尾巴，但仍擺

脫不掉暴龍老大的糾纏。

　　暴龍老大叫道：「要走一起走！」

　　就在這時，電腦發出「自動進料」的聲音，爐床內壁上的噴油管噴出油料，恰好淋在暴龍老大的臉上。

　　「這是什麼東西──」暴龍老大吃痛地用雙手撥開油料。

　　「哼！誰要跟你一起走？」被緊緊抓住地尾巴被鬆開了，恐龍媽媽趁機一腳踹下暴龍老大，爬上入口處，剩下暴龍老大滿臉油污地摔在爐床底層，大火猛然噴出。

　　「快走！」美吉爸爸抓著三元急逃出去。

　　爐床爆炸，恐龍媽媽被爐床內冒出的火勢猛噴出去，一時濃煙彌漫。

　　爐床內的大火焚燒，暴龍老大在尖聲大叫中消失了。

　　龍石在熊熊烈火中逐漸裂開融化，並向周遭發出一環白色光芒來回掃射。

　　焚化爐廠區外，恐龍們被白色光芒掃到，紛紛回復成人形，但渾身還黏著黑白相間的條紋。

　　巷道內，巨型貓龍張開血盆大口正要吃掉那些軟癱的狗時，也被白光掃過，巨型貓龍瞬間變成了一隻柔弱的小黑貓。

　　那些狗看見原來的龐大怪物變成了瘦小的貓咪，紛紛抬頭挺胸，朝那隻貓狂吠並追過來。

　　數隻狗追著一隻貓，穿過了街道。

　　街道上警笛聲大作，數部警車及消防車來到焚化爐廠區外。

　　警察們一下車，就對著坐在門口的美吉問道：「那些裝扮成恐龍的逃犯呢？」

美吉一指：「就是那些身上有斑馬條紋的人！哎呀！還沒穿衣服呢！」

警察嚴正斥道：「全部趴下，你們全部都被逮捕了，外加一條妨害風化罪！」

犯人們羞得無地自容，只能趴在地上。

美吉再跟警察說：「還有人在焚化爐裡面，請快去救他們！」

這時從濃煙中矗立著三道身影，一名消防隊員正扶著三元及美吉爸爸緩緩走來。

「爸爸！」美吉衝過去抱住了爸爸。

美吉爸爸：「美吉！」父女倆相擁而泣。

三元抓著消防員地手臂焦急地說道：「我媽媽還在裡面，我要進去救她！」

消防隊員反手抓住三元：「不行！裡面的火勢太大了！進去太危險了！」

「三元！」這時恢復成人形的王莉莉與陸仁一同跑了過來。

「姐姐！」三元哭道：「媽媽為了救我，和

龍石一起掉在焚化爐內了！」

「媽媽——」王莉莉不禁悲從中來。

廠房內又繼續冒出大量濃煙，三元不僅心裡難過，呼吸也被嗆得「咳咳咳」不止。

這時有一群人從廠房蹣跚地走了出來。

三元：「咦?! 還有人在？」

三元與王莉莉不約而同衝過去。

王莉莉：「媽媽會不會在裡面？」

三元：「希望會……」

這群人個個戴著口罩，姐弟倆看了半天，神情越來越失望。

三元失神地叫著媽媽，一旁的王莉莉摟著弟弟：「再等一下，說不定等一下媽媽就出來了！」

一股濃煙飄散過來，三元忍不住又一陣咳嗽。一位消防隊員走過來檢查三元他們，於心不忍地規勸著：「快去醫院檢查吧，有任何消息我們會立即通知你們的。」

王莉莉哽咽道：「三元，先去醫院檢查一

下！」

王三元：「不要！我要在這裡等媽媽！」

王莉莉：「三元，要聽話！媽媽現在不在這裡，你就要聽我的話了！」

王三元：「我——媽媽……」

陸仁在一旁幫腔勸著三元：「要是你媽媽知道，她也不願看到你這樣啊！」

王莉莉：「對呀！」

這時有一個穿著消防衣的嬌小人影走了出來，手腕上還掛著許多支手機。

王莉莉與王三元又立刻衝過去，同聲叫道：「媽媽！」

那穿著消防衣的人轉過頭來，是一張陌生的臉。

穿著消防衣的人說：「小朋友，對不起！我不是你們的媽媽，這些手機是從裡面撿到的。」

王三元失望地「喔」一聲，一看到那些燒成一團黑的手機心情更加低落了。

　　王莉莉：「三元，走吧！到醫院檢查一下吧！」

　　王莉莉便拉著三元往救護車方向走去時，一股灰黑色濃臭味從焚化爐廠的出口處飄了過來。

　　王莉莉捏著鼻子抱怨：「好臭喔！」

　　王三元突然停下，往臭味源頭一看，只見出口處慢慢走出一位全身包裹著棉被，雨衣蒙臉的身影。

　　三元：「她——」

　　王莉莉疑道：「怎麼？」

　　三元擺脫陸仁與王莉莉，轉身跑到這人的面前。

　　三元激動地說：「你——哈秋——哈秋——」

　　這人打開雨衣，露出一頭焦黃的頭髮與滿是黑灰的臉，但一雙溼亮亮的眼睛，依然看得出是王媽媽。

　　王媽媽顫聲地說「三元……」

　　三元撲上去抱住了媽媽，爆發似的哭喊著：

「媽媽！」

王媽媽溫柔地抱著三元，等到三元發洩完後，才赧然地笑著：「媽媽身上很臭，你的鼻子過敏……」

三元把媽媽抱得更緊：「我才不管——」

「媽媽！」王莉莉也跑過來，抓住了媽媽的手流著淚問道：「媽媽，妳是怎麼脫困的？」

「因為我們之間有約定啊！」王媽媽笑著看看三元，張開手掌，三元點點頭。

「蛤？」王莉莉不解。

看到三元一家歷險後重逢，陸仁也在旁邊感動地說：「嗚嗚——真是太好了！」

王媽媽對著三元他們問道：「他是誰？」

陸仁鞠躬說道：「抱歉！容我自我介紹一下，我是全世界走透透……」

王莉莉：「媽！他是陸仁啦！」

王媽媽：「蛤？路人？」

王莉莉：「媽別管他了，以後再跟妳解釋

啦！」

「快上車吧！」消防隊的急救人員圍過來，扶著王媽媽與三元走向救護車。

路上，三元纏著媽媽說明如何從焚化爐內逃出，王媽媽解釋說：「……我被鐵門擋住才沒燒傷，後來掉到垃圾堆裡面，裡面什麼東西都有，我還找到一條溼棉被，等火小了點才出來。」

　　三元一聽心裡不禁感嘆著：「我覺得媽媽真真是一位超人——」

　　「喔伊——喔伊——」救護車發出斥耳的警報聲快速地駛出焚化爐廠區，尖銳的聲音聽在三元的耳中卻變得溫馨感人，聲音越來越小，救護車也消失在都市街海裡。

後記

巴霖歷經被恐龍欺負的經驗，決定改過自新，不再欺負別人了，三元也終於能鼓起勇氣邀請美吉一起上下學。

焚化爐的一個廢料出口處，灰燼湧出倒在一部卡車上，破碎的龍石又聚合起來，隨著卡車的移動，閃爍出妖異的光芒。

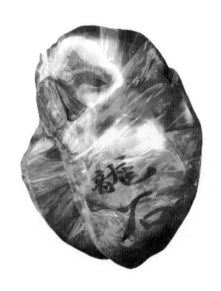

國家圖書館出版品預行編目資料

老媽變恐龍／曾德盛 著
-- 初版. -- 新北市：集夢坊，民104.12
　　　面；　　　公分
ISBN 978-986-91398-9-2（平裝）
1. 兒童小說　2. 冒險　3. 恐龍

859.6　　　　　　　　　　　　104018402

～理想的推手～

理想需要推廣，才能讓更多人共享。采舍國際有限
公司，為您的書籍鋪設最佳網絡，橫跨兩岸同步發
行華文書刊，志在普及知識，散布您的理念，讓
「好書」都成為「暢銷書」與「長銷書」。
歡迎有理想的出版社加入我們的行列！

采舍國際有限公司行銷總代理
angel@mail.book4u.com.tw

全國最專業圖書總經銷
台灣射向全球華文市場之箭

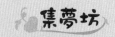

老媽變恐龍

出版者●集夢坊

作者●曾德盛

電腦繪圖●曾德盛

印行者●華文聯合出版平台

出版總監●歐綾纖

副總編輯●陳雅貞

責任編輯●吳欣怡

美術設計●陳君鳳

內文排版●陳曉觀

台灣出版中心●新北市中和區中山路2段366巷10號10樓

電話●(02)2248-7896　　　　　傳真●(02)2248-7758

ISBN●978-986-91398-9-2

出版日期●2015年12月初版

郵撥帳號●50017206采舍國際有限公司（郵撥購買，請另付一成郵資）

全球華文國際市場總代理●采舍國際 www.silkbook.com

地址●新北市中和區中山路2段366巷10號3樓

電話●(02)8245-8786　　　　　傳真●(02)8245-8718

全系列書系永久陳列展示中心

新絲路書店●新北市中和區中山路2段366巷10號10樓　　　電話●(02)8245-9896

新絲路網路書店●www.silkbook.com

華文網網路書店●www.book4u.com.tw

新·絲·路·網·路·書·店
silkbook ◌ com

跨視界‧雲閱讀 新絲路電子書城 全文免費下載

本書係透過全球華文聯合出版平台（www.book4u.com.tw）印行，並委由采舍國際有限公司（www.silkbook.com）總經銷。採減碳印製流程並使用優質中性紙（Acid & Alkali Free）與環保油墨印刷，通過碳足跡認證。

華文自資出版平台
www.book4u.com.tw
mybook@mail.book4u.com.tw

全球最大的華文自費出書集團
專業客製化自助出版‧發行通路全國最強！